行方知れずの仲人屋《なこうどや》

[illegible]玲子

妖怪をさらうやつらの手から力弱い妖怪達を護るために、四人の大妖《たいよう》の妖力《ようりょく》を集めて作った貴重な結晶を、仲人屋の十《じゅう》郎《ろう》が奪って行方をくらましてしまった。なぜ自分に何も言ってくれなかったのか？　残されたあせびは信じていた恋人の裏切りに打ちのめされ、仕事もできず家にこもってしまう。月夜公《つくよのぎみ》率いる妖怪奉行所東《ひがし》の地宮《ちぐう》の烏天狗《からすてんぐ》達も、必死で十郎の行方を捜したが、もと人間の十郎のこと、人界《じんかい》に潜んでしまうと妖怪達にはなかなか見つけられない。一方千吉《せんきち》は師匠朔《さく》ノ宮《みや》のもとで、千里眼《せんりがん》の術の修業をしていたが……。人気シリーズ第５弾！

登場人物

梅吉《うめきち》
梅妖怪の子

津弓《つゆみ》
月夜公の甥

天音《あまね》（姉）　銀音《ぎんね》（妹）
久蔵と初音の双子《ふたご》の娘

弥助《やすけ》
妖怪の子預かり屋の若者

千吉《せんきち》
弥助の養い子

玉雪《たまゆき》
弥助の手伝いをする兎《うさぎ》の妖怪
久蔵《きゅうぞう》
弥助の家主
初音《はつね》
久蔵の女房《にょうぼう》。華蛇族《かだぞく》の姫
月夜公《つくよのぎみ》
妖怪奉行所東《ひがし》の地宮《ちぐう》の奉行。王妖狐族《おうようこぞく》

あせび
妖怪奉行所東の
地宮の武具師
十郎《じゅうろう》
仲人《なこうど》屋《や》
飛《ひ》黒《ぐろ》
妖怪奉行所
東の地宮の
筆頭烏天《からすてん》狗《ぐ》
朔《さく》ノ宮《みや》
妖怪奉行所
西《にし》の天宮《てんぐう》の
奉行。犬神《いぬがみ》

白王《はくおう》
西の天宮の四連の一員。犬神

黒蘭《こくらん》
西の天宮の四連《よんれん》の一員。犬神

朱禅《しゅぜん》
西の天宮の四連の一員。犬神

蒼師《そうし》
西の天宮の四連の一員。犬神

鼓丸《つづみまる》
朔ノ宮の従者。犬神

〈その他〉

桐風《きりかぜ》…………東の地宮の烏天狗
宵雲《よいぐも》…………東の地宮の烏天狗
姫神《ひめがみ》…………妖怪を忌《い》み嫌う一派の頭

妖怪の子、育てます5

行方知れずの仲人《なこうど》屋《や》

廣　嶋　玲　子

創元推理文庫

WHERE HAS HE GONE

by

Reiko Hiroshima

2025

目次

イラスト　Ｍｉｎｏｒｕ

妖怪の子、育てます5

行方知れずの仲人屋《なこうどや》

行方知れずの仲人《なこうど》屋《や》

プロローグ

なんで、何も言ってくれなかったんだい？

胸の内を話してくれていれば、あたしはいくらでも力を貸した。あんたが何かを目指しているなら、それを支えただろうし、闇に堕《お》ちようとしているなら、それこそ命をかけて、思いとどまらせてみせたさ。

なのに、あんたは何も言ってくれなかった。何も、あたしにさせてくれないまま、ただ黙って消えてしまった。

そういうのが一番苦しいんだ。

ひどいやつ！　恨めしいよ、本当に！

だけど……こんな裏切り方をされたっていうのに、あたしはまだあんたを想っている。

もう一度会いたい。会って、今度こそ、あんたの本音を聞きだしたい。

……あんたは、今、どこにいるんだい？

一

力の結晶を奪い、仲人屋《なこうどや》十郎《じゅうろう》が姿を消した。

このことはまたたくまに妖界《ようかい》中に広まった。

十郎を知らない妖怪達は「なんと卑劣《ひれつ》なやつだ」とののしったが、十郎を知っている妖怪達は「あの十郎がそんなことを？」と、驚くばかりだった。なにしろ、十郎は非常に穏やかで物腰柔らかく、これまで誰にも恨まれたり嫌われたりするようなふるまいをしたことがなかったからだ。

その十郎が、非常に貴重かつ危険極《きわ》まりない力を秘めた結晶を盗んだ。しかも、恋人であるあせびから盗んだという。

あせびはすぐさま妖怪奉行所、東《ひがし》の地宮《ちぐう》に駆けこみ、十郎のしでかしたことを告発した。

これを聞いた時の、妖怪奉行月夜公《つくよのぎみ》の怒りはすさまじかった。

もともと、結晶は月夜公があせびに与えたものだったのだ。

最近、人界《じんかい》で物騒《ぶっそう》なことが起きているらしい。だから、人界で暮らすか弱いあやかし達に、身を守るお守りを作って配ってやりたい。

あせびのその願いを聞き届け、月夜公は三人の大妖《たいよう》を呼び集め、力を練り合わせ、結晶を作りだした。そして、その結晶を迷いなくあせびに与えた。奉行所に武具職人として長く仕えているあせびなら、結晶の扱いを間違えることなく、大事に使うだろうと、信じてのことだ。

だが、その信頼はあっさり裏切られたわけだ。

怒り狂った月夜公は、あせびを牢に入れるよう、烏天狗《からすてんぐ》達に命じた。この時ばかりは、さすがの烏天狗達も、すぐには動けなかった。あせびは十郎にだまされただけのように見える。なにより、旧知の仲であるあせびを牢に入れるなど、ひどく心苦しかったのだ。

ざわつく烏天狗達を、月夜公はすごい目で睨《にら》みつけた。

「十郎に結晶を盗まれたと言うが、それも本当かどうか、怪しいものじゃ！　じつは自分から十郎に結晶を与えたのかもしれぬ。ともかく、潔白であることが証明されるまで、牢に放りこんでおけい！」

あせびはいっさい抵抗しなかった。同情の目を向ける烏天狗達に囲まれ、静かに牢へと入っていったのだ。

それから数日後の夜のこと。

妖怪奉行所、西《にし》の天宮《てんぐう》に、三人の子供が呼ばれた。言わずと知れた千吉《せんきち》、天音《あまね》と銀音《ぎんね》の双子《ふたご》である。

呼びよせたのは、天宮を司《つかさど》る大妖、犬神《いぬがみ》の朔《さく》ノ宮《みや》だ。

修業をさせてもらえるのだと期待している子供らに、朔ノ宮は十郎の一件を話して聞かせた。

三人とも、目を丸くした。十郎とあせびとは顔見知りだったからだ。

「あの十郎さんが……盗みを？」

「しかも、あせび姐《ねえ》さんから盗むなんて……」

「ちょっと考えられない」

つぶやく三人に、朔ノ宮もうなずいた。

「あの二人を知っているものは、誰もがそう思っておるよ。だが、本当のことだ。東の狐《きつね》は今、烏天狗達を四方に飛ばし、自身もあらんかぎりの式神《しきがみ》を生みだして、十郎の行方を追っているらしい。だが、いっこうに足取りがつかめず、いらいらしているそうだ。ふん。やつの面目は丸潰れよ。我ら大妖を呼び集めて、結晶を作らせておきながら、このていたらくだからな」

よい気味だと、にやっと笑う朔ノ宮。月夜公とは犬猿の仲なので、慌てふためく月夜公のことが愉快でたまらないらしい。いつものことなので、子供らは肩をすくめるだけだった。

と、朔ノ宮が真顔になった。

「とはいえ、この件は西の天宮としても見過ごせない。あの結晶はそれほどに危険なものだ。今後は私も十郎捜索に加わるつもりでいる。そなた達にも力を貸してもらいたい」

ぴんと、千吉達の背筋が伸びた。

「俺達も十郎さんを捜せばいいんですか？」

「いや、捜索は私達がやる。頼みたいのは、あせびのことだ」

「あせび姐さんですか？」

「そうだ。すでに身の潔白が証明され、牢からは出されたというが、ひどく落ちこんでいるらしい。まあ、無理もないことだ。恋人がこんなまねをしでかしたら、私だって、どれほどやけ食いをすることか」

「師匠……」

「ああ、すまん。話がそれたな。ともかく、私の名代《みょうだい》として、あせびの元に行っておくれ。

行って、話しかけ、慰《なぐさ》め、励ましてやってほしいのだ」

「それはかまわないけど、なんでですか？」

「あせび姐さんは、東の地宮で働いていて、師匠や西の天宮とは関わりのないあやかしなんでしょ？」

首を傾げて聞き返す双子に、朔ノ宮は「だからだ」と言った。

「あせびという女妖《じょよう》は、とても腕がよい職人だと聞く。前々から、ぜひともこの西の天宮で働いてもらいたいと思っていた。これはよい機会だ。聞けば、あの馬鹿狐はあせびの言い分も聞かず、腹立ちまぎれに牢にあせびを入れたというではないか。そんなやつの元で働くより、私の元に来たほうがよい。励ましがてら、あせびをそれとなく説得してほしいのだ」

「つまり……姐さんを西の天宮に引き抜きたいってことですか？」

「そういうことだ。うまくやりとげてくれたら、また一つ、新しい術を教えてあげよう」

そう約束し、朔ノ宮は三人を送りだしたのだ。

小さな犬神、鼓丸《つづみまる》が用意してくれた大扇《おおおうぎ》に乗り、あせびの家に向かいながら、子供達はどういう説得をしたらいいかと、話し合った。

「あせび姐さん、あたし達の言葉を聞いてくれるかしら？」

「そうね。すごく心が傷ついていると思うし、誰にも会いたくないって思っているかも。だから、慎重にならないと。……ねえ、千。あせび姐さんにずばずばものを言ってはだめよ。十郎さんのことなんか忘れろとか、外の空気を吸ったら元気になるぞとか、そういうのもだめだから」

「だめなのか？」

「だめ！」

口をそろえて叫ぶ双子に、千吉は首をすくめてうなずいた。

「わかった。じゃあ、おまえ達にまかせるよ。俺は黙ってる」

「あら、珍しく素直ね」

「そりゃそうさ。これがうまくいかないと、新しい術を教えてもらえない。それに……俺の言葉で、これ以上あせびさんが傷ついたりしたら、いやだからな」

双子は大扇から転げ落ちそうになるほど驚いた。この千吉が、兄の弥助《やすけ》以外の誰かに気遣いを見せるとは。

これは本当に千吉なのか？

疑いながら、天音が恐る恐る口を開いた。

「それ……本気で言ってる？」

「なんだよ？」

「だって、あんたが女の人を気遣うのって、めったにないことだもん」

「そうよそうよ。みおねえちゃんにはつっかかるし、あの玉雪《たまゆき》さんにだって、そっけない態度をとることがあるじゃないの。あせび姐さんは美人だし、てっきりあんたは毛嫌いしてるかと思ってたわ」

失礼だなと、千吉は顔をしかめた。そんな表情になっても、千吉の美貌《びぼう》は少しも損なわれないところが、ある意味さすがだ。

「言っておくけど、俺はあせびさんのことは嫌いじゃない。むしろ、好きなほうだ」

「好き!」

「ああ。だって、あの人、十郎さんしか見てないから」

なんだと、双子は脱力した。

「……つまり、弥助にいちゃんにまったく興味がないって理由で、あせび姐さんのことを気に入っているってわけね」

「なんだ。そういう理由なら、うん、納得よ」

「だけど、それを抜きにしても、俺はあせびさんを気の毒に思ったぞ。今回の件はひどすぎるからな」

力をこめて言う千吉に、双子はうなずいた。

「……そうだね」

「なんで、十郎さんはそんなことをしたんだろうねえ？」

誰もが思っている疑念に、答えられる者はいなかった。


さて、同じ頃、千吉の兄、弥助はまったく同じことを聞かされていた。

「じゅ、十郎さんが？　う、嘘だろ？」

目の玉が飛び出そうになるほど驚いている弥助に、話をもたらした三人のあやかし、梅妖怪の梅吉《うめきち》、兎《うさぎ》の女妖の玉雪、そして月夜公の甥の津弓《つゆみ》は、こくこくとうなずいた。

「やっぱり、そう思うよな？」

「あのぅ、意外すぎますものねえ」

「津弓も、最初に聞いた時は、信じられなかったよ。でも、本当なんだって。叔父上がそう言ってたんだもの。間違いないよ」

「そ、そりゃ、月夜公がそう言うなら、本当なんだろうけど……うーん。盗みはもちろんだけど、あせびさんを困らせるようなまねを十郎さんがしでかしたってことが、まず信じられないな。……あせびさん、まいっちゃいないかなぁ？」

心配する弥助に、梅吉達はいっせいに飛びついた。三人とも、目に涙が浮かんでいた。

「それ！　それなんだよぉ！」

「た、助けてください、弥助さん！」

「弥助ぇぇえっ！」

「へっ？　いや、ちょっと待ってくれ！　どうしたって言うんだよ！」

たじろぐ弥助に、玉雪がすすり泣きながら訳を話した。

「じ、じつは、先ほど、あのぅ、月夜公様に呼びだされたんです」

月夜公は最初から不機嫌そのもので、怯えている三人をみっちりと叱りつけてきたという。

「そもそもの発端は、おぬしらと言っても過言ではない！　妖界と人界を安全に行き来したいから、お守りがほしいなどと、あせびにねだるとは！　十郎によるそそのかしがあったとは言え、おぬしらがそのようなことを言いださねば、あせびも大妖の力を集めたものがほしいなどと思うことはなかったはず！　まことに軽率じゃ！　罰を与えねばならぬ！」

「お、叔父上……」

「黙れ、津弓！　今回ばかりは許さん！」

「ひえっ！」

「ひいいいっ！」

月夜公の大喝《だいかつ》に、津弓は泣きじゃくり、梅吉は小便を漏らしかけた。玉雪にいたっては、気絶しないようにするのが精一杯だった。

そんな三人を存分に睨みつけたあと、ふいに月夜公は顔を背《そむ》けた。

「あせびは今、家の中に引きこもっておる。十郎の仕打ちに、打ちのめされてしまったようじゃ。あせびは……東の地宮になくてはならぬ大事な職人じゃ。あのように意気消沈されていては、東の地宮そのものが揺らぐ。なにしろ、烏天狗達の武具の手入れもままならなくなるゆえ。とはいえ、吾の立場からあのものを気遣うことはできぬ。吾は……事と次第によっては、十郎の首をはねるかもしれぬのじゃからな」

息を吞む三人の前で、月夜公は憂鬱《ゆううつ》そうに息をついた。

「ゆえに、おぬしらに命じる。なんとしてもあせびを元気づけ、役目に復帰させよ。鍛冶《かじ》場《ば》に入り、鎚《つち》を振るえば、あせびの気も紛れるかもしれん。遊びに連れだすのも一つじゃな。あせびが十郎を忘れられるような、よい男を紹介してやるのでもよい。とにかく、あせびを励ますのじゃ。……二日経っても、このままであったら、それぞれにそれ相応の罰をくれてやろうぞ」

月夜公はやると言ったら必ずやるあやかしだ。

だから、玉雪達はほうほうの体《てい》で月夜公の前から逃げだし、弥助のもとに駆けこんできたというわけだ。

「と、というわけなんだよぉ！」

「三日以内だなんて、む、無理だよ！　だって、津弓、知ってるもん！　あせび、全然ごはんも食べていないって！　あのあせびが、だよ！」

「そ、そりゃ、一大事だな」

弥助が前回会った時、あせびはぺろりと五人前くらいの餅《もち》をたいらげていた。「あたしが作ったごはんをいつでもおいしそうに食べてくれるから、こちらも作り甲斐《がい》があるんですよ」と、十郎が嬉しそうに目を細めながら話していたのを思いだし、弥助は胸が痛んだ。

こんなことが起きるなんて、本当に思いもしなかったことだ。

「ほんとに気の毒だと思うよ。あせびさんはもちろん、おまえ達のことも。でも……なんで、俺のところに来たんだ？」

「それは、あのぅ、あたくしが思いついたんですぅ」

目元をぬぐいながら、玉雪が小さく言った。

「十郎さんは元は人間だと、あのぅ、聞いています。だから、気配も普通のあやかしとは少し違っていまして……。弥助さんは、あのぅ、十郎さんと似た気配があります。弥助さんが話しかければ心を閉ざしてしまっているあせびさんにも、あのぅ、声が届くかも」

「いや、それはどうかな」

説得をまかされるのは勘弁だと、弥助は慌てて言った。

「俺、どちらかって言うと、口下手だし。こんな時、どんなことを言ってやったらいいか、わからないよ」

「それでも、同じ人間として、十郎さんがどんなふうにあせび姐さんを大切にしてたか、見当はつくんじゃないかい？　どうやって気晴らしをさせたらいいか、それだけでもちょっと考えてくれないかい？」

梅吉が食いさがってきたものだから、弥助はうーんと考えこんだ。

「とりあえず……家から出したほうがいいかもな。その家には十郎さんとの思い出がつまっているだろうから、余計につらくなると思う」

「そ、そうですね。それじゃ、あのぅ、とりあえずそうしてみます」

「ありがと、弥助！　やっぱり頼りになるね！」

「また来るよ。またな！」

慌ただしく玉雪達は去っていった。

それを見送ったあと、弥助はなんともやるせない気持ちになった。
大切な人にいきなり置き去りにされる。
その腹立たしさ、その恐怖を、弥助は知っていた。
だからこそ、あせびのことが心配でならなかった。
「十郎さん……どこにいるんだよ？」
どこにいるともわからない十郎に、弥助は思わず呼びかけた。

二

あせびの家は、東《ひがし》の地宮《ちぐう》にほど近い林の中にある。体の大きなあせびに合わせて建てられたのか、家自体はかなり大きなものだ。

その戸口の前で、千吉と天音と銀音は息を潜《ひそ》めて、中の様子をうかがっていた。

と、そこに玉雪達三人がやってきた。

「あらま、千吉ちゃん。天音ちゃんに銀音ちゃんまで」

「玉雪さん……」

「梅吉と津弓まで、どうしてここに?」

「そりゃ、こっちのせりふだよ」

「三人そろって、どうしたのぉ?」

六人は目をぱちくりさせながらも、お互いの事情を話した。

「おやまあ、朔ノ宮様のご命令ですか」

「こんな時に引き抜きのことを考えるなんて、朔ノ宮様も抜け目ないなあ。おお、怖っ！」

玉雪と梅吉はあきれ、そして津弓は目をつりあげた。

「それ、絶対にだめ！　あせびがいなくなったら、叔父上や飛黒《ひぐろ》達が困るもの！　津弓、絶対許さない！」

「でも、月夜公はあせびさんを牢に入れたんだろ？　扱いがひどいんだから、見限られてもしかたないじゃないか」

すかさず言い返す千吉に、梅吉が「確かにそうだよな」と、うなずいた。津弓は地団駄《じだんだ》を踏んだ。

「梅吉までひどい！　千吉の味方するなんて！　叔父上に言いつけてやる！」

「おまえ！　それはずるいぞ！　禁じ手すぎるだろう！」

「しっ！　もう！　津弓も梅吉も、もっと声を落として」

「そうよ。よそ様の家の前で騒ぐなんて、お行儀が悪いわ」

双子《ふたご》にたしなめられ、津弓達はむむっと頰《ほお》をふくらませながらも黙りこんだ。

玉雪が千吉に尋ねた。

「ところで、あのぅ、なんで中に入らないんです？」

「誰か先に来ているみたいなんだよ」

「そうなの。よくは聞こえないけど、あせび姐《ねえ》さんと話をしているみたいなの」

「そうなんですか。いったい、どなたでしょうねえ?」

玉雪のつぶやきが終わらぬうちに、がらっと戸が開き、若い烏天狗《からすてんぐ》が出てきた。六人を見て、烏天狗は目を丸くした。

「えっ? つ、津弓様! 梅坊も」

「こんばんは、桐風《きりかぜ》。どうしてここにいるの? 門番のお役目、放りだしてきたの?」

「放りだしてきたなんて、人聞きの悪いことを言わないでくださいよ」

苦笑いしながら、桐風は後ろ手で戸を閉めた。そして声を潜めて言った。

「じつは……烏天狗一同、あれから交代で、あせびさんの様子を見に来ているんです」

「飛黒の命令で?」

「いえ……自分達で考えてのことです。なんとか元気を取り戻してもらいたいから、弁当や菓子なんかも差し入れているんです。でも……だめですね。全然食べていない」

「……………」

「それに、こちらが話しかけても、ほとんど反応しないんです。魂《たましい》が抜けてしまっているようなありさまで……まさか、あせびさんのあんな姿を見ることになるなんて」

桐風は少し苦しそうに顔を歪めた。

「正直に言うと、最初はけっこうおもしろがっていたやつもいたんですよ。我ら烏天狗を烏天狗とも思わない鬼姐御《あねご》が、恋人に裏切られた。さすがにしょぼくれた顔を見せるに違いないって。いや、ひどいと思わんでください。そう思っても許されるくらい、我々はあせびさんにひどい目にあわされてきたので」

東の地宮の武具職人として働きながら、あせびは数々の新しい道具をこしらえてきた。その効果を試すのに、いつも烏天狗達が犠牲《ぎせい》になってきたのだ。

「俺だって、あせびさんに飲まされた石玉《いしだま》のせいで、翼が石になってしまって、大変だったんです。尻の羽が全部抜けちまったやつもいるし。……でも、実際に落ちこんでいるあせびさんを見ると、なんとも……これは本当によくないですよ」

早くもとのあせびに戻ってほしい。

しみじみとつぶやく桐風の手を、津弓がぎゅっと握った。

「大丈夫。津弓達もそのために来たから。叔父上に言いつけられたの。あせびを元気にしろって」

「そうでしたか。がんばってください。うまくいくことを祈っています」

そう言って、桐風は飛び去っていった。

「じゃ、入るか」

「ちょっと待って！　千、わかっているわね？　あんたはしゃべっちゃだめよ？」

「へへ、なんだ。千吉はおしゃべり禁止か？　なら、おいら達がたくさんあせび姐さんに話しかけてやるよ。この勝負、おいら達がもらった！」

「津弓だって、優しいことたくさん言えるもん！　千吉と違って、津弓は優しいから！」

「……おまえら、俺に喧嘩売る気か？　買うぞ！」

「きゃあ、怖い！」

「ほらほら、おやめなさい。三人とも、あのぅ、よくないですよ」

睨《にら》み合う千吉達と、それをなだめる玉雪。かまっていられないと、双子は先に家の中に入ることにした。

「ごめんください！」

「あせび姐さん、お邪魔します！」

「あっ、ずるいぞ、天音！」

「待っておくれよ、銀音！」

どたばたと、双子に続いた面々。そして、入ってすぐに、全員が立ちすくんだ。

家の中は、なんとも言えないよどんだ空気があふれていた。どしっと、背中にのしかかってくる重みのある空気。むわあっと、ひどい悪臭もする。

よくよく見れば、料理をつめた重箱や、団子や握り飯を盛りつけた皿などが、床のあちこちに置かれていた。それらは、まるで神への供物のように大量にあったが、口をつけた痕跡はなく、真っ黒に腐っているものも多かった。

臭気の源はこの食べ物らしい。

「うっぷ。臭いなあ。梅の里に暮らしているおいらには、これはきついよ」

「……津弓、しばらくごはんが食べられなくなりそう」

「わ、私達も……」

「きっと、あのぅ、烏天狗さん達が毎日、あせびさんに運んできたものでしょう」

「もったいないな。こんなに食べ物が無駄になって……」

千吉が鼻をつまみながら言った時だ。

奥からしわがれた声が響いてきた。

「そうさ。だから、烏天狗達に言っておくれ。もう何も持ってくるなって」

全員がびくりとして前を見た。

供物の向こうに、あせびがいた。頭から布団《ふとん》をかぶって、まるで芋虫《いもむし》のように丸まっている。その頬はげっそりとこけ、目の下には濃い隈《くま》ができていた。

起きあがることすらせず、あせびは濁《にご》った目で千吉達を見た。こちらを見ているのに、何も見てはいない。そういうまなざしだった。

双子や津弓はもちろんのこと、気の強い千吉やおしゃべりな梅吉ですら、言葉を失ってしまった。

いくら腐った食べ物や悪臭に気をとられていたからと言って、いつもなら全員がすぐにあせびに気づいたはずだ。

だが、気づけなかった。いや、気づかせてもらえなかった。今のあせびには、それほど生気がない。まるで触れたら崩れてしまう幻のようだ。

はかなさとは無縁だったあやかしの姿は、ぞっとするほど哀れで痛ましかった。

「あ、あせび姐さん……」

「あたしは大丈夫だから。しばらくほっといてくれりゃ、すぐにまた元気になる。ちゃんと仕事もやる。だから、もう少しだけ一人にしておいてくれよ」

かさかさした声で言うと、あせびは布団をさらに深くかぶり、顔を隠してしまった。

一同は顔を見合わせた。みんな、青ざめていた。

あせびは「大丈夫」と言ったが、大丈夫なはずがない。放っておけば、それこそ手の施《ほどこ》しようがなくなるに違いない。

最初に口を開いたのは、千吉だった。

「とりあえず、今は手を組まないか？　引き抜きだなんだは、いったん置いておこう。あせびさんをなんとかするのが先だ」

「そ、そうですね。それが、あのぅ、いいと思います」

「おいらも異議なし」

「津弓も」

心は決まり、あとは何をするかだ。

「どうする？」

「……弥助さんが言っていました。この家にいること自体が、あのぅ、あせびさんにとってよくないかもしれないと」

「弥助にいが？　よし。それなら連れだそう。なにがなんでも、外に連れていこう」

「慌てないでよ、千」

「そうよ。相手はあせび姐さんなのよ？　弱っていても、きっとあたし達よりずっと力は強いはず」

　確かにそうだと、みんなうなずいた。

「でも、あの様子じゃ、どんな説得も無駄だろうなぁ。心底、放っておいてほしいみたいだし。……ぐっすり眠らせてしまうってのはどうだい？　おいら、眠り茸《たけ》ってのを知っているんだ。そいつをかじると、二日は目を覚まさないって、誰かが言ってたよ。それを使えばいいんじゃないか？」

「いえ、だめです、梅吉さん」

「なんでだい、玉雪の姐さん？」

「眠り茸はそもそも毒茸《どくきのこ》です。今のあせびさんが食べたりしたら、あのぅ、眠るだけではすまないかも。それに、あせびさんが眠り茸を食べてくれるとは思えません」

「そ、それもそうだな。おいらとしたことが、うっかりしてた」

ぺちっと、梅吉は自分のおでこを叩いてみせた。

と、津弓がなにやら自信ありげな笑みを浮かべて、口を開いた。

「それなら、津弓にまかせて。津弓なら、あせびを眠らせられるから」

「本当?」

「そんなこと、できるの?」

「できる! 叔父上から術を教わったの。相手を眠らせる術。一刻くらいなら、蜂に刺されても起きないくらい深く眠らせられるよ」

「いいわね、それ!」

「では、あのぅ、それでいきましょう。津弓様、よろしくお願いいたします」

「うん! 津弓、がんばる!」

津弓ははりきった様子で両手を合わせ、何かを拝むように目を閉じた。

と、たちまち額に大粒の汗がふきだしてきた。細く白い尾がぶわっと膨《ふく》れ、小さな丸っこい体も小刻みに震えだす。

津弓は今、あらんかぎりの妖力を練り合わせ、一つの願いとして完成させようとしているのだろう。それがわかるからこそ、誰も動かず、息も潜めていた。津弓の集中を乱してはならないからだ。

ようやく、津弓が目を開き、そっと手も開いた。

小さな両手の中には、ふんわりとした桃色《もも》の煙のようなものが、玉の形になって渦巻いていた。

津弓がふっと息を吹きかけたところ、煙の玉はすうっと蛇のように細く漂っていき、あせびがかぶっている布団の中へと滑りこんでいった。

変化はすぐに起きた。

布団の中から、大きないびきが聞こえだしたのだ。

玉雪がそっと近づき、布団をめくりあげても、あせびはぐっすり眠りこんだまま、ぴくりともしなかった。

「やるじゃないの、津弓」

「えへ。そう?」

褒《ほ》められて嬉しげな津弓に、千吉がすっとすりよった。

「……なあ、津弓、その術のやり方、教えてくれないか?」

「やだ。千吉には絶対に教えない」

「なんでだよ!」

「だって、千吉は朔ノ宮様の弟子なんでしょ? 千吉が強くなったら、叔父上のためにならないかもしれない。だから、教えない」

「おまえ、いい加減、叔父離れしたらどうだよ?」

「兄離れできない千吉には言われたくない」

「なんだと!」

睨み合う千吉と津弓に、「どっちもどっちだ」と、梅吉があきれたようにつぶやいた。

玉雪も苦笑しながら言った。

「はいはい、そこまでにしましょう。いつ、あせびさんが起きるともわかりませんから、あのぅ、急がないと。とりあえず、ここから出しましょう。天音ちゃん、銀音ちゃん、起こすのを手伝ってくださいな」

「うん」

双子はあせびに近づいたが、すぐにひるむ羽目になった。あせびの体からかなりの悪臭が立ちのぼっていたのだ。

「あせび姐さん……何日もお風呂に入っていないみたい」

「髪もべたべただわ」

「とりあえず、あたくしがよく行く山の温泉に連れていって、あのぅ、体を洗ってあげましょう。お湯に浸かると、あのぅ、血の巡りがよくなりますし。外にあったあの大扇《おおおうぎ》を使わせてもらいますね。さ、あれまで、あのぅ、あせびさんを運びましょう」

大柄なあせびを外にある大扇まで運ぶのは、骨の折れることだった。それに、あせびを乗せてしまうと、大扇にはあと一人くらいしか乗れなくなってしまった。山の温泉の場所を知っているのは玉雪だけなので、玉雪があせびと共に行くことになった。

「おいら達は？　このあと、どうしたらいい？」

「ここに残って、あのぅ、部屋のそうじをしておいてください。あたくしも、あせびさんを温泉に入れて、あのぅ、別の場所に運んだら、またここに戻ってきますから」

そう約束して、玉雪は大扇を浮きあがらせた。

大扇が見えなくなるまで見送ったあと、天音と銀音は後ろを振り返った。千吉と梅吉と津弓が途方にくれた顔をしていた。

「そうじって……どこから始めりゃいいんだよ」

「うーん。おいら、散らかすのは得意だけど、片付けは苦手なんだよなぁ」

「津弓も」

立ち尽くす千吉達に、天音と銀音はてきぱき命じた。

「とりあえず、窓を開けて。空気の入れ換えをしないと」

「津弓と千は、外に大きめの穴を掘って。腐った食べ物を全部埋めるから」

「おいらは？　何をしたらいい？」

「梅吉は虫つぶし。変な虫がわいているかもしれないから、見つけたら、どんどんつぶして」

「うへ。一番いやな役目だなあ」

「文句言わないの！　さ、始めよ！」

天音は威勢よく声をかけた。

三

「で、俺のところに連れてきた、と……」

弥助は引きつった顔をしながら、恐縮《きょうしゅく》した様子の玉雪、そして大扇《おおおうぎ》の上でごうごうと、いびきをかいているあせびを見た。

「確かに、家から連れだしたほうがいいとは言ったけど、なんでまた俺のところに……」

「あいすみません、弥助さん。でも、あのぅ、他の場所が思いつかなくて」

「いや、別に怒っているわけじゃないんだ。ただ驚いただけでさ。……あせびさん、ずいぶんやつれたな」

温泉に入ってきたというあせびは、髪がしっとりと濡れて、体からほのかに硫黄《いおう》の匂いがした。でも、顔のやつれは隠しようがない。あれほどたくましかった四本の腕も、なんだか細くなってしまったようだ。

痛々しいと、弥助は心から気の毒に思った。

「あたくしは、あのぅ、これから千吉ちゃん達のところに戻ろうかと。あせびさんの家の片付けが終わっていなかったら、あのぅ、手伝おうと思っていまして」

「ああ、いいよ」

みなまで言わさず、弥助は言った。

「あせびさんはとりあえず、ここに置いていけばいい。目が覚めたら、俺が相手をするよ」

「ありがとうございます。よろしく、あのぅ、お願いします」

ほっとしたような顔で、玉雪は飛び去っていった。

さてと、弥助はあせびを見つめた。悪夢でも見ているのか、あせびの寝顔は苦しげだった。

「思ってた以上に傷心ってことだな。どうしてやったら、一番あせびさんのためになるんだろう?……久蔵《きゅうぞう》に聞いてみるか。あいつは色恋沙汰に慣れているから」

あせびを小屋に寝かしたまま、弥助は母屋の久蔵宅を訪ねた。

玄関口まで出てきた久蔵は、弥助が「助言をくれ」と言ったとたん、目の玉を落っことしそうな顔をした。

「助言！　おまえが、俺に?……珍しいこともあるもんだ。明日は槍が降るかもなあ」

「ふざけてる場合じゃないんだよ、久蔵。あせびさんがちょいと困ったことになっているんだ。どうしたらいいか、おまえの知恵を借りたい」

「あせびさん？」

久蔵は首を傾げた。

「あせびさんって、この前、年末の餅《もち》つきを手伝ってくれたあやかしの姐《ねえ》さんだろう？　あの姐さんが困ったことになるたぁ思えないんだけど。十郎さんと仲のいいところを見せつけて、幸せそうだったじゃないか。……なんだい？　もしかして、あの二人、別れたのかい？」

「そんな簡単な話じゃないんだよ……」

弥助は手短に、あせびの身に起きた災難を話した。

「それは……あせびさんも気の毒に」

「ああ、ほんとにな。……じつは、今、あせびさんが俺んところにいるんだ。おまえ、こういうことには慣れっこだったよな？　どうしたらあせびさんを慰《なぐさ》められるか、わかるか？」

「いや、いきなりそんなこと言われてもねえ……」

「なんだよ。おまえ、散々女遊びをしてたじゃないか。修羅場《しゅらば》や騒動もいっぱい引き起こしてたんだから、わかるはずだろ？」

「あのな、弥助」

ぎろっと、久蔵は弥助を睨《にら》みつけた。

「何度も言うが、俺をそんじょそこらの女たらしと一緒にするんじゃないよ。俺は確かに、ろくでなしで遊び人で放蕩《ほうとう》息子で女好きだったさ。だけど、胸を張って言うが、女を泣かせたことはいっぺんだってないんだよ。そこんとこ、間違ってもらっちゃ困る」

「まあ、では、どのように女子《おなご》達とお付き合いをしていたのかしら？　私、ゆっくりじっくり教えてもらいたいですわねえ」

いつの間にか、久蔵の妻の初音《はつね》が久蔵の真後ろに立っていた。

「ねえ、あなた。聞かせてくださるわよねえ？」

にこにこ笑いながら久蔵の肩をつかむ初音。なにやら総毛立つほど怖い気配を放ちだしている。

一気に青ざめながら、久蔵は早口で弥助に言った。

「と、とにかくだ。おまえが姐さんの話を聞いてやりな」

「俺が？　でも、俺、惚《ほ》れた腫《は》れたには疎《うと》いんだけど……」

「だから、いいんだ。こういう時、助言や慰めはかえって毒なんだよ。訳知り顔でとやかく言われたら、余計に傷つくもんだ。その点、おまえは色恋にすれてない、根っからの唐《とう》変木《へんぼく》だ。話の聞き役としては、そっちのほうがいい。酒でも飲ませて、自分から話しだすのを辛抱《しんぼう》強く待ってやれ。きっと話しだすから」

「さあ、あなた。あなたも話してくださいな。根掘り葉掘り、聞かせていただきますわ」

「いや、初音。俺はちょっと出かけないと……あ、や、やめて」

「さあ、こっちへ」

久蔵はなすすべもなく初音に奥へと引きずられていった。

さすがに気の毒に思いながら、弥助は自分の小屋に戻ることにした。久蔵の言葉を鵜呑《うの》みにするわけではないが、話を聞くというのが一番の薬になる気がする。

あせびが起きる前に、酒の準備を整えておこう。

そう思った。

それからほどなく、あせびが目を覚ました。

鈍く濁《にご》った目をしているあせびに、弥助はできるだけ優しく声をかけ、ここがどこか、どうしてここにいるのかを話した。

「眠らされて、勝手に家から連れだされるなんて、いい気分はしないよな。でも、できれば怒らないでやってくれ。千吉も玉雪さん達も、あんたのことが心配だったんだ」

「……大きなお世話だよ」

「わかってる。でも、せっかく来たんだ。少しゆっくりしていきなよ。……家に戻るのはいやだろ?」

びくりと、あせびが肩を震わせた。

すかさず弥助は大きな茶碗に酒を注いで、あせびに差し出した。

「こういう時は酒を飲んで、憂《う》さ晴らしをするのも悪くないと思う。うちにある酒、全部飲んじまってもかまわないから。つまみに、だし巻き卵を作ったんだ。よかったら、これも食べてくれ」

あせびはあきらめたように茶碗を受けとり、やるせないものを飲み下すようにごくごくと酒をあおった。続いて、だし巻き卵をつまみあげ、口に放りこんだのだが、すぐさま身を硬くして、うつむいてしまった。

「……うまいけど、違う」

「違う?」

「……十郎が作ってくれる卵焼きは……甘かった。砂糖がいっぱい入っていて、とろけるように甘いやつだった」

ぶわっと、こらえにこらえていた何かが崩れたかのように、あせびは涙をあふれさせた。ぼたぼたと、大粒の涙がこぼれ落ち、みるみるあせびの着物を濡らしだした。

弥助は黙って手ぬぐいを出してやった。何も声はかけなかった。

渡された手ぬぐいが絞れるほど泣いたあと、あせびは赤く血走った目で弥助を見た。

「あんたは……十郎のことをなじらないんだね?」

「なじる?」

「そうだよ。月夜公様も烏天狗《からすてんぐ》達も、こんなことをしでかすなんて、なんてやつだって、十郎に怒っている。十郎にだまされたかわいそうな女だって、あたしのことを慰めてくる。でも、あたしは、ど、どっちも聞きたくない! どちらの言葉も、あたしを惨《みじ》めにするんだ!」

今度は、怒ったようにあせびは床を殴りつけた。どーんと、小屋が震え、弥助は内心ひやっとした。

だが、黙っていた。

あせびは今、心の内をさらけ出そうとしている。その邪魔をしてはならない。

静かに口を閉じている弥助に、鬼気迫るような形相であせびはわめきたてた。

「もちろん、十郎には怒ってるさ! でも、あいつがこんなことをしたのは、何か理由があるはずなんだよ、絶対！　そう思わないと、やってられない！　気が変になっちまいそうだもの！　十郎を信じたい！　でも、こうなることを目当てに、あたしに近づいたんじゃないかって思うと……ああ、くそ！　自分でもこの気持ちをどうしたらいいのか、わかんないんだよ！」

十郎は裏切り者。あせびは利用されただけなのだから、気に病むことはない。あんなやつのことは忘れてしまうがいい。

あやかし達から慰めの言葉をかけられるたびに、あせびの心は傷つき、血を噴き出していたのだ。

裏切られたという事実。それでも、何か理由があるのではないかと、期待してしまう慕わしさ。愛しいと思う気持ちはいまだ消えず、それが未練がましいと思う。

苦しくて、せつなくて、ただただもう一度会いたいと願って。

だが、そう思っているのが自分だけかと思うと、しんと凍りつくような寂《さび》しさに襲われてしまう。

「なんでこんなことをしたんだろう！　一言、あたしに何か言っておいてくれれば！　ああ、腹が立つ！　なんで、あたしがこんなに苦しい思いをしなくちゃいけないんだ！」

なぜ。どうして。

何度となくあせびは叫び、床を殴った。

弥助は「落ちつけ」とは言わなかった。同じ言葉を繰りかえすあせびを、遮《さえぎ》るようなことをしなかった。

長く時間はかかったが、ようやくあせびは落ちついてきて、今度はふさぎこんだ様子で、ぐびぐびと酒を飲みだした。

せっせと茶碗に酒を注いでやりながら、弥助はついに口を開いた。

「俺、十郎さんのことは好きだよ」

「…………」

「たくさん助けてもらったから。あの人は優しいと思う。薄っぺらいやつじゃなくて、本物の優しさを持っていると思う」

だが、優しさが誰かを傷つけることもある。

「俺の養い親のことを、あせびさんも知っているだろ？」

「……話は聞いているよ。あやかしだけど、あんたを心から慈《いつく》しんでいたって。そのあやかしが今、どんな姿になっているかも知ってる。……でも、そのことは話しちゃいけないんだろ？」

「うん。千吉には絶対に話せないことだ。でも、今夜はちょっとだけ話す。……千にいは、俺の前からいきなり姿を消したことがある。……それは俺を守るためだったんだって、あとになってわかったけど、それでも……めちゃくちゃ腹が立った」

いきなり去られたことの衝撃と悲しみ。

何も事情を話してくれなかったことへの落胆と怒り。

「俺は……傷ついた。今でも、あの時のことを思いだすと、胸がざわつくんだ。……だから、あせびさんのことが心底うらやましい」

「う、うらやましい？」

「そうだよ。だって、どんなに望んだって俺はもう二度と千にいには会えないんだ。千吉は千にいじゃないから、この気持ちをぶつけるわけにもいかない。心の傷は癒えないままだ。……でも、あせびさんはそうじゃないだろ？」

弥助の言わんとしていることに、あせびはすぐに気づいた。

「……そうだね。十郎は行方知れずになっているだけだ。どこに隠れているにしろ、消えちまったわけじゃない」

「うん」

「だから、きっとまた会える」

「そうさ。……また会えたら、あせびさんはどうしたい？」

「……殴る」

「えっ？」

「そうさ。顔がぼこぼこになるほど殴ってやる。それから骨という骨が粉々になるほど揺さぶって、どうしてあんなことをしたのか聞きだしてやる！」

まあ、当然だろうなと、弥助はうなずいた。

「それで許してやれるのかい？」

「まさか！」

びきりと、あせびの首筋やこめかみに、太い筋が浮かびあがった。

「そんなことで勘弁なんかしてやるもんか！　あたしが納得できる理由じゃなかったら、月夜公様に引き渡して、きれいさっぱり、十郎のことは忘れてやる！　こんなやつに惚れたなんて、あたしの恥だったって思えれば、それはそれでいいんだ！」

とにかく、けじめをつけたい。十郎は卑劣《ひれつ》な裏切り者なのか、それともそうではないのか。

息巻くあせびに、弥助はさらに聞いた。

「それじゃ、納得できる理由だったら？　許してやるのかい？」

「そ、そうだね。……いや、ただじゃ許さない。その時は、十郎に首枷《くびかせ》をつけてやる。二度と勝手なことができなくなるようにね。あたしから逃げようと考えただけで、全身がびりびり痺《しび》れちまうようにしてやるんだ」

「へえ。そんな首枷があるのかい？」

「今はない。でも、これから作ればいい」

にまっと、あせびが獰猛《どうもう》な笑みを浮かべた。よどんでいた目も、いつの間にかぎらぎらと光りだしていた。

生気を取り戻したあせびを、弥助はきれいだと思った。落雷のような物騒《ぶっそう》な美しさだが、生ける屍《しかばね》のような姿よりもずっといい。

と、あせびがすっくと立ちあがった。

「少し楽になれたよ。……ありがと、弥助」

「帰るのかい？」

「ああ。これから東の地宮に戻る。迷惑をかけたことを月夜公様に謝って、すぐに首枷を作ろうと思う。……そう言えば、代わる代わるやってきた烏天狗達が、嬉しいことを言ってくれたんだよ」

「嬉しいこと？」

「ああ。あたしが仕事に戻るなら、いくらでも身を差し出すって。だから戻ってきてくれって。泣かせてくれるよ。うん。これは無下《むげ》にしちゃいけないよね。あいつらを使って、十郎のための道具をうんとこしらえてやるつもりさ。首枷以外にもあれこれ考えてみる」

「…………」

烏天狗達と十郎。はたして、どちらがより気の毒だろうか。

真剣に考えこむ弥助に別れを告げ、あせびは気合い十分に去っていった。

一人になった弥助は、小さくつぶやいた。

「十郎さん……あんた、捕まるよ。たとえ月夜公から逃げおおせたとしても、あせびさんからは絶対逃げられやしないよ」

だから、悪あがきをしていないで、早く出てきたほうがいい。

このつぶやきが十郎に届けばいいと、弥助は願った。

＊

同じ頃、ぞわりとした悪寒を感じ、十郎は閉じていた目を開いた。

「誰かが……あたしの悪口でも言っているのかな」

思い当たる相手はたくさんいた。自分のやらかしたことが、どれほどの怒りを買うかはわかっていたから。

ことに、あせびは傷ついただろう。強くたくましく、だが情深いあの女妖《じょよう》は、心底自分のことを信じてくれていたのだから。

だが、あせびに慕われていた仲人屋十郎は、もはやいないのだ。仲睦《なかむつ》まじく笑顔を交わしあった日々が戻ることもないだろう。

喪失感《そうしつ》が芽吹いてきそうになったが、十郎はすぐに自分の心を閉ざした。長年の望みがようやく叶いそうな今、他のことなど、あれこれ考えてはならない。

「それにしても、まだですかねえ」

もうずいぶんと長く、この薄暗い一間にいる。文字通り閉じこめられてしまっているのだ。目には見えないが、十郎の周りには強力な結界が築かれ、一部の隙もありはしない。もとより逃げるつもりなどないのだが、こうまで警戒されるのは少々不快だった。

「こんなに尽くしても、まだ信用されないんでしょうかねえ」

そうつぶやいた時、どすどすと荒い足音が近づいてきて、ばっと、十郎の前にある襖《ふすま》が開け放たれた。

やってきたのは神官のような白装束《しろしょうぞく》をまとった、五十がらみの男だった。四角い粗野な顔をしており、山賊を思わせる荒々しさがある。十郎を見る目は毒々しく、敵意と軽蔑があふれていた。

男は無言で手で何かを払うような仕草をした。ぱちんと、乾いた音がして、十郎を囲っていた結界が取り除かれた。

ほっとしながら、十郎は立ちあがった。

「もう出てもいいんでございますね？　では、あたしは正式に認められたってことでございますか？」

「調子に乗るな！」

男は吐き捨てるように言った。

「貴様のような穢《けが》らわしい混ざりものは、すぐにも調伏《ちょうぶく》してやりたいくらいだわ。だが、お優しい姫神《ひめがみ》様が貴様のようなものすら救いたいとおっしゃっておられる」

「そのお言葉に、あたしはすがりたいんでございますよ。あたしも人に戻りたいから。……姫神様にはいつお目通りが許されますか？」

「だから、調子に乗るなと言っているのだ！」

男がまたしても手を払った。とたん、目に見えないものが十郎の頰《ほお》を深く切り裂いた。

慌てて頰を押さえてうつむく十郎に、男は冷ややかに告げた。

「これより、貴様がもたらしたものが本当に我らの役に立つかを試していく。貴様にも当然働いてもらう。姫神様への謁見《えっけん》が許されるかどうかは、その結果次第だ。……忘れるな。

いつも貴様を見張っているからな。おかしなまねをしたら、すぐに殺す」

「ごもっとも。そのくらい警戒されて当然だと、自分でも思っておりますよ。なにしろあたしは……人であることから逃げてしまった情けないやつでございますからねえ」

「ふん。そのへりくだった物腰には反吐《へど》が出る。とりあえず、この部屋からは出るな。準備ができたら、呼びに来る」

「はい。ありがとうございます」

にこりと、十郎は笑ってみせた。

自分には悪意も敵意もありはしない。

そのことを相手にわかってもらいたかったのだ。

四

あせびが自分に会いに来ている。

そう告げられたとたん、月夜公は跳ねるような勢いで立ちあがり、持っていた地図を放りだして謁見《えっけん》用の一間に向かった。

色々な想いが胸に渦巻いていた。

まんまと結晶を盗まれてしまった不手際への怒り。

恋人に裏切られたあせびに酷《こく》な仕打ちをしてしまったという後悔。

そんな後悔を感じてしまう自分への苛立ち。

だが、這いつくばるようにして両手をついているあせびを見たとたん、そうしたものは全て消えた。ただただほっとし、自然と言葉が口から出てきた。

「戻ったか、あせび」

「はい。このたびは色々と申し訳ございませんでした。あたしの不始末のせいでこんなことを招いた挙げ句、お役目を放りだしてしまい、本当に恥じております」

消え入りそうな声だったが、芯はしっかりしていた。

あせびはもう大丈夫なのだと、月夜公は思わず微笑《ほほえ》みそうになり、慌ててそれを堪《こら》えた。

「おぬしがおらぬ間、色々と不自由したぞ。烏天狗《からすてんぐ》達も、おぬしを恋しがっておった」

「はい。これからしっかり仕事をして、休んだ分を取り戻します。それで、あの……十郎は？」

顔を上げ、すがるような目をして尋ねるあせびに、月夜公はかぶりを振ってみせた。

「まだ見つからぬ。どうやら人界《じんかい》に逃げこんだらしい」

「人界……」

「そうじゃ。烏天狗達にとって、人界は不慣れな場所じゃ。本来の力を半分も出せぬ。一方で、十郎は人界のことをよく知っておる。これは……長引くかもしれぬ」

「月夜公様」

これまでとは違う、りんとした声音であせびが言った。

「そのことでお願いがあってまいりました。あたしを、西《にし》の天宮《てんぐう》に行かせていただけませんか？」

「なに？　あの傲慢《ごうまん》な犬のもとに、わざわざ行きたいと言うのかえ？」

目を剝く月夜公に、あせびは大きくうなずいた。

「西の天宮の方々は、人界に住まうあやかし達を守るのがお役目。あちらの犬神《いぬがみ》達は、烏天狗達よりもずっと人界で身軽に動けるはずです。それに、烏天狗達にはない能力も持っておられる。あちらにいれば、あたしは肌で犬神達の力を感じ、これまでにない道具作りもできることでしょう」

「道具作りじゃと？」

「はい。道具をこしらえます。人界においても役立つものを。じゅ、十郎を見つけだすことができるものを。ですから、どうか、お許しをいただけないでしょうか？」

必死に食いさがってくるあせびに、月夜公はすぐには答えられなかった。

もとより西の天宮に、朔ノ宮に協力を頼まねばならぬと思っていたところだった。だが、どうしても頭を下げたくなくて、先送りにしていたのだ。

だから、あせびが自らあちらに行きたいと言いだしてくれたのは、じつにありがたい。

いや、ありがたくはあるのだが、不安もある。朔ノ宮にあせびを取られてしまうのではないかという不安だ。

あせびほどの職人を、あの朔ノ宮がほしがらぬはずがないと、月夜公は確信していた。

苦虫をかみつぶしたような顔をしながらも、ついに月夜公は決断した。

「よかろう。行ってまいれ。じゃが、くれぐれも気をつけよ、あせび。あの犬めは、西の天宮で働くほうがおぬしのためじゃとかなんとか言ってくるはずじゃ。やつめは腹黒いぞ。あれこれ手管を変えて、おぬしを懐柔《かいじゅう》しにかかることであろう。やり口にからめとられぬようにせよ」

「もちろんです。あたしが戻る場所はいつだって東《ひがし》の地宮《ちぐう》ですから」

「うむ。……では、行くのかえ？」

「はい、すぐにも。必ず月夜公様に喜んでいただける成果を出してまいります。あ、もう一つお願いが。烏天狗を何人か連れていきたいのですが。できれば、若くて生きがいいのを」

「ああ、いつものじゃな。よい。許す」

「ありがとうございます！」

あせびは一礼し、嬉々《きき》として飛びだしていった。その後すぐ、烏天狗達の悲鳴が聞こえてきたが、月夜公はあえて無視することにした。あせびに捕まった烏天狗には気の毒だが、これも十郎捕獲のためなのだ。

「許せよ」

月夜公は小さくつぶやいた。

月夜公の許しをもらったあせびは、猛烈な勢いで動いた。若い烏天狗を二人捕まえたあとは、仕事場に駆けこんで必要と思われる道具をありったけ行李《こうり》に詰めこんだ。そうして、行李を背負い、烏天狗達を連れ、巨大な暴風牛《ぼうふうし》の背にまたがったのだ。

文字通り暴風のように西の天宮に到着したあせびを、朔ノ宮は諸手《もろて》を挙げて歓迎した。

「よく来てくれた！　そなたのことはかねがね噂で耳にしていたのだ。十郎捕獲？　ああ、よいともよいとも。そなたが存分に腕を振るえるよう、私も犬神達も協力しよう」

「ありがとうございます、朔ノ宮様。しばらくご厄介になります」

「なんの。しばらくと言わず、ずっと我が元にいてくれてもよいのだよ。ところで、その……後ろにいる烏天狗達は誰なのだ？」

縄で縛られ、べそべそと泣いている二人の烏天狗を、あせびは胸を張って紹介した。

「あたしのお供です。こっちが桐風で、こっちは宵雲《よいぐも》といいます」

「そ、そうか。では、三人まとめて歓迎しよう。ぽん！　急いでもてなしの支度を！」

こうして、あせびは西の天宮に迎え入れられたのだ。


その夜、修業のためにやってきた千吉と天音と銀音の三人に、朔ノ宮はほくほくした顔であせびが来たことを告げた。

「じゃあ、あせびさん、今、ここにいるんですか？」

「ああ、そうだ。四連《よんれん》とも顔合わせをして、さっそく何か考えだしたらしい。よく説得してくれたな。お手柄だったぞ、三人とも」

「ううん。あたし達は別に何も……」

「あせび姐《ねえ》さんを家から連れだしただけだもの」

謙遜《けんそん》する双子《ふたご》を遮《さえぎ》るように、千吉が自慢そうに声をあげた。

「これは俺の弥助にいのおかげです！　弥助にいがあせびさんの話を聞いてあげたから、あせびさんも元気になったんです。だから、ご褒美《ほうび》をくれるなら、弥助にいにあげてください！」

「ははは！　あいかわらず兄のことになると図々しくなるな、千吉。よかろう。弥助にもあとで何か届けてやろう。ともかく、そなた達が動いてくれたおかげで、あせびはここに来てくれた。約束だ。そなた達に新しい術を教えてやろう」

「や、やった！」

「嬉しい！」

「師匠、今度はどんな術ですか？」

「前よりも役に立つ術ですか？」

　喜ぶ子供らに、朔ノ宮はうなずいた。

「それは保証する。だが、役立つということは、それだけ難しい術でもある。半端に学ぶと、そなた達の身に危険が及ぶ。ということで、しばらくの間、そなた達にはここで寝泊まりしてもらう」

「え？」

「術を会得《えとく》するまで、私がつきっきりで教えてやるということだ。異論はないな？」

少しとまどったものの、三人は承知した。新しい術を学べるなら、しばらく家に戻れなくとも我慢できる。

「よしよし。それではこれからさっそく始めよう。ああ、それぞれの家には伝えておくから、心配しなくていい。それに、言付けがあるなら、ぽんに頼むがいい」

そう言って、朔ノ宮は鼓丸を呼んだ。


「まだ寒いから、風邪をひかないように気をつけて。戸締まりと火の始末を忘れないで。妖怪が子供を預けに来ても、面倒だったら断って。誰かにいやなことを言われたりしたら、そいつの顔をしっかり覚えておいて。あとで犬の糞をぶつけに行くから。久蔵さんとお酒を飲んでもいいけど、飲みすぎないように。俺がいない間は、みおと会わないで。ええっと、言付けはこれで全部です」

千吉からの長い長い言付けを聞き終わり、弥助は伝えてくれた鼓丸に頭を下げた。

「……ご苦労さん」

「ほんとですよ、まったく。……弥助さんも大変ですね。私、少し気の毒に思います」

「は、ははは……。で、でもさ、あれでかわいいところもあるやつなんだよ」

「かわいさを見せるのは弥助さんにだけでしょう？　私なんて、兄弟子なのに笑いかけてもらったこともありません」

きっぱりと言われて、弥助は頭をかくしかなかった。千吉には他の人にももう少し愛想よくするよう、今度言っておくとしよう。

「それで、千吉達はいつ頃帰ってくるんだい？」

「それはわかりません。今回学ぶ術は、本当に難しいものですから。まあ、少なくとも十日は戻らないと思っていてください」

「十日もか。……十日もあいつの顔を見られないと思うと、ちょっと寂《さび》しいなあ」

「……弥助さんだけは真っ当だと思っていましたが、勘違いだったようですね」

あきれた顔をしながら、鼓丸は去っていった。

「さて、どうするかな」

弥助はしばらく考えこんだ。当分、千吉は戻らないというし、最近は全然子預かりの仕事もない。

つまり、暇《ひま》なのだ。

「……明日は卵を売りに行った帰りに、少し町をぶらぶらしてみるか。そうだ。昔住んでた太鼓《たいこ》長屋《ながや》のほうまで、足を伸ばして……ついでに、胡糸屋《こいとや》によって、蕎麦《そば》でも食うか。あそこの蕎麦、ひさしぶりだなあ」

色々と考えているうちに、わくわくしてきた。

翌日の朝早く、弥助は家を出て、卵を売り終えると、昔住んでいた界隈《かいわい》へと足を向けた。歩いていくうちに、だんだんと懐かしさがこみあげてきた。変わってしまったところはちょこちょこあっても、昔親しんだ店などはけっこう残っており、思い出がどんどんよみがえってくる。

「ああ、懐《なつ》かしいなあ。あそこの団子屋でよく千にいが団子を買ってくれたっけ。……八百屋のおかみさんはあいかわらず怖そうだ。あれ？　いつもあそこの角に座っていた甘酒売りの親父、いなくなっちまったのか？　お、三味線のお師匠さんだ。あの人、ずいぶん千にいに色目を使ってたから、嫌いだったけど……今思えば、全然相手にされてなかったし、気の毒だったたな」

あれこれ思いだしながらぶらぶら歩くのは、思っていた以上に楽しかった。こうして一人でのんびりできるのは、非常に贅沢《ぜいたく》な心地だ。

せっかくだからもっと贅沢しようと、弥助は目的の一つだった蕎麦屋、胡糸屋に入った。

「いらっしゃいまし！」

「ああ。天ぷら蕎麦おくれ。ざるで。あと、酒も一本。こっちは燗《かん》で頼むよ」

「あい！」

まだ客の少ない時刻だったので、天ぷら蕎麦はすぐに運ばれてきた。冷たい水できりっとしめた、こしのあるざる蕎麦は、弥助の大好物だ。

「俺が冬でもざる蕎麦を頼むもんだから、腹を壊すんじゃないかって、千にいがよく心配してたっけ」

そんな懐かしさもあり、ひさしぶりの胡糸屋のざる蕎麦はひときわ美味に思えた。付け合わせの天ぷらは蓮根《れんこん》で、さくさくとした独特の歯触りがたまらない。そこに、熱い酒を一口すすれば、かっと胃袋が熱くなり、ぽかぽかとした温もりが全身に広がっていく。

「うまいなあ」

思わず声を漏らす弥助に、店で働く女達がくすくすと笑った。それがまた心地よく、弥助は笑い返した。

「千吉が一緒だったら、こうやって愛想よくもできないからな。すぐに焼きもちを焼くから。……ほんと、かわいいんだよなあ。今、何しているかな？　難しい術だって言っていたけど、無理していないといいな」

そんなことを考えながら、弥助は蕎麦と天ぷらをきれいにたいらげ、酒も空にした。

「ごちそうさん。うまかったよ」

「はーい。またお越しくださいねえ！」

「うん」

きっとまた来ようと決めながら、弥助は店を出た。そして、出たところで、ばったりと顔なじみに出くわしてしまったのだ。

「あっ……」

「えっ？　ええええっ！　あんた、弥助ちゃん？」

目を丸くして大声をあげたのは、太鼓長屋の住人、おきくだった。子供だった弥助のことをあれこれ気にかけてくれた、気のいいおかみさん連中の一人だ。

これはごまかせないと、弥助はあきらめて笑顔を作った。

「そうだよ。おきくさん、ひさしぶり」

「ひさしぶりってもんじゃないよ、あんた！　いったい、どうしていたんだい？　ああ、どうしよ！　嬉しいねえ！　ねえ、ちょいと！　弥助ちゃんだよ！　弥助ちゃんが戻ってきたよ！」

おきくの声に、通りのあちこちから人が集まってきた。みんな弥助の顔なじみだ。

まるで豆に群がる鳩《はと》のような勢いで囲まれ、弥助はたちまち身動きが取れなくなった。

これだから、千吉が一緒では、この界隈は絶対に歩けないのだ。この人達に千吉の顔を見られてしまったら、騒ぎになるのは目に見えている。

一人でよかったと心から思っている弥助に、みんなはいっせいに話しかけてきた。

「あらやだ。ほんとに弥助ちゃんだよ」

「大きくなったねえ！　立派になったねえ！」

「こっちに戻ってきたのかい？」

「ひさしぶりだねえ。元気にしてたかい？」

「いきなり引っ越していったから、どうしたんだろうと思っていたんだ。千弥《せんや》さんは？

一緒じゃないのか？」

矢継ぎ早の質問に、弥助はわざと悲しげな顔を作ってみせた。

「色々あってね。じつは……千にいは亡くなったんだ」

はっと、全員が息をのんだ。千弥がどれほど弥助を溺愛していたか、そして弥助がどれほど千弥を慕《した》っていたかを、みんなはよく知っていたからだ。

「それは……た、大変だったねえ」

「うん。引っ越したあと、すぐに千にいが体を壊しちまってね……。でも、寂しくはないよ。俺、今、弟がいるんだ」

「えっ！」

またまた息をのむ面々に、弥助はにっこり笑いかけた。

「じつは、千にいの親戚筋の子を、俺が引き取ったんだよ」

「へえ、あんたが？」

「と言うか、千弥さんに親戚なんていたんだ？」

「そうなんだよ。千にいが亡くなる前に、いきなり俺達を捜し当てて、訪ねてきてさ。で、赤ん坊を育ててほしいって、千にいに預けていったんだよ。確か、千にいの甥っ子か又従兄弟に当たるのかな。とにかく、その子がもう、びっくりするくらい千にいにそっくりなんだ。だから、寂しくないよ」

あらかじめ考えておいた作り話を、弥助はすらすらと話していった。千吉のことはわざと隠さなかった。下手に隠すより、少しだけ嘘をまぜこんだものを真実として話したほうが、後々面倒なことにならないと思ったからだ。

「そうかい。それじゃ、今度その子を連れておいでよ。会いたいからさ」

「そうとも。連れてきな！　千弥さんとおまえのことをうんと話してやるさ」

「うん、そうさせてもらうよ」

うなずきながら、絶対に連れてこないぞと、弥助は心の中でつぶやいた。千弥のことは決して千吉には教えないと、決めているのだから。少しのほころびが、これまでの全てを壊してしまうかもしれないのだから。

ひとしきりみんなと言葉を交わし、再会を約束して、弥助はなんとかその場を抜けだすことができた。

「ふうっ……。疲れたな。帰るか」

本当はもっとぶらつくつもりだったが、おきく達に出会ったせいか、どっと疲れてしまった。今日はもう十分だ。あとは、夜用に鰻《うなぎ》でも買って帰れば、贅沢な一日の締めくくりとして申し分ないだろう。

本来の帰り道から少し外れて、弥助は鰻屋を目指すことにした。そして、その途中で、気になるものを目にする羽目となった。

五

「ん？」

弥助は思わず足を止めた。なにやら慌てふためいた様子で、男が路地のほうへ駆けこんでいくのを見たからだ。

「あれは……古今堂《こきんどう》の若旦那《わかだんな》じゃないか」

貸し道具屋古今堂の若旦那、宗太郎《そうたろう》を見間違えることはまずない。めったに見られないような長いふにゃっとした顔の持ち主だからだ。そのせいで、「へちまの若旦那」と、面と向かって呼ぶ者すらいる。

だが、このへちま殿は見た目に反して、非常に肝《きも》が据わっているのだ。色々と因縁《いんねん》をからみつけた骨董品《こっとうひん》や古道具を扱っているのだから、それも当然かもしれない。

弥助も時々古今堂に行って、道具を借りたりするので、宗太郎のことはよく知っているし、尊敬していた。だからこそ、驚いた。

さっきの宗太郎の様子はあきらかにおかしかった。長い顔は青ざめ、まるで何かから逃げているような姿だった。おまけに、両腕に二匹の猫を抱えていたような……。

どうにも気になり、弥助は宗太郎を追いかけて、路地に入った。

路地の奥は行き止まりとなっており、宗太郎が途方に暮れたように立ち尽くしていた。

「まいった。まさか行き止まりだったなんて」

「にゃあ」

「あ、ああ、そうだね。急いで戻ろう。ここで追いつめられたら、それこそお終いだ」

身を返したところで、宗太郎は弥助に気づいた。最初は弥助だと思わなかったのだろう。ぎょっとしたように体をすくませた。

「ひっ！」

「……宗太郎さん」

「あ、え……なんだ、弥助さんですか」

あからさまに力を抜いたあと、宗太郎はふいに目をぎらつかせてささやいた。

「ちょうどよかった！　弥助さん、この子達をちょっとの間頼みます！」

問答無用の勢いで、宗太郎は弥助に二匹のきじ猫を押しつけてきた。

「大きいほうが朱実《あけみ》、小さいほうがおこまです。あとで迎えに行くので、お願いします！」

「え？　どういう……」

「説明している暇《ひま》はないんです！　あたしがまずここを離れます。弥助さんはしばらくしてから、その子達を連れて出てください。誰かに呼び止められても、走って振り切ってください。……少し離れたところに林があるでしょ？　あそこで落ち合いましょう」

「あ、で、でも……」

面食らっている弥助を無視し、宗太郎は優しい手つきで猫達の頭を撫でた。

「あいつは、あたしがおまえ達を連れていると思っているはずだ。だから、あたしを追いかけてくるだろう。でも、大丈夫。おまえ達がいないと知ったら、すぐにあたしのことなんか放りだすさ。だから、こっちのことは気にせずお逃げ。迎えに行く。必ず行くから！」

まるで人に言い聞かせるようにささやきかけたあと、宗太郎はぱっと路地から飛びだしていった。

唖然としている弥助の腕の中で、猫達が激しくもがきだした。

「こ、こら、おとなしくしろ」

慌てて抱きなおす弥助を、猫達はそろって見あげてきた。なんとも言えないまなざしだった。

その瞬間、弥助は気づいた。

「おまえ達……あやかしだな？　もしかして、猫のお姫さんの眷属《けんぞく》かい？」

弥助の言葉に、猫達は目が丸くなった。思いがけないことを言われたと言わんばかりだ。

が、やがて、こくりとうなずいた。

「そうか。……ああ、心配しなくていい。俺は弥助。人間だけど、妖怪の子を預かる子預かり屋をしてる。猫のお姫さんともそこそこ顔なじみだ。……おまえ達は宗太郎さんのところで飼ってもらっているのかい？」

こくりと、また猫達がうなずいた。どうやら言葉はまだしゃべれないらしい。あやかしとしては非常に力の弱いもの達なのだろうと、弥助は判断した。

「……宗太郎さんの様子から察するに、おまえ達を狙ってきたやつがいる、と？」

「にゃ」

「で、宗太郎さんが庇《かば》って、逃げてくれた、と？」

「にゃ」

「……追っ手に心当たりはあるのかい？」

これには猫達は頭を横に振ってみせた。

最後に、弥助は一番大切なことを尋ねた。

「おまえ達、宗太郎さんに悪さをするつもりはないんだな?」

じわりと、腕に痛みが走った。なんてことを言うんだとばかりに、猫達が爪を食いこませてきたのだ。

「あててててっ! わ、わかった。わかったから!」

謎は深まるばかりだが、今必要なことはなんとかわかった。宗太郎に頼まれたとおり、猫達を林に連れていこう。

「悪いけど、俺の懐《ふところ》に入ってくれるか? できるだけ、人の目につかないようにしたいから。窮屈《きゅうくつ》だろうけど、我慢してくれ」

猫達はおとなしく従った。

膨《ふく》れて重くなった懐を抱えこみながら、弥助は路地から出ていった。こそこそはしなかった。慌てたそぶりも見せなかった。そういう仕草は、かえって人目を集めてしまう。だから、「うう、さむさむ」というように身を丸め、早足で歩いた。通りを歩く人達も、たいていがそういう感じなので、怪しまれることはないと踏んだのだ。

実際、弥助を呼び止めてくる者はいなかった。

そうして人通りの多い場所を抜け、こんもりとした林に無事に到着した。

それからだいぶ時が過ぎ、弥助も猫達もやきもきし始めた頃、ようやく宗太郎がやってきた。汗びっしょりで、息も絶え絶えの様子だった。

「だ、大丈夫かい、宗太郎さん？」

「え、ええ、だ、大丈夫、です。うぶっ！　ちょっと、息があがって……。ひぐっ！　こんな、走るの、あたしは苦手、で……」

「ああ、もう話さなくていいから。まずは息をついて」

宗太郎がしゃべれるようになるまでは、かなり時間がかかった。その間、猫達は宗太郎にぴたりと張りつき、離れようとしなかった。

やっと息が落ちつくと、宗太郎は苦笑してみせた。

「できるだけ遠回りして、あちこち走り回っていたんですよ。追っ手がいたとしても、まいてしまえるように。で、誰も追いかけてきていないようだったので、ここに来たんです。ああ、まさか、この歳になってこんなに駆けずり回る羽目になるなんて、思ってもいませんでしたよ」

「いったい、誰に追われているんだい？」

「……店に変な客が来たんですよ」

顔を曇らせながら、宗太郎は訳を話し始めた。

「弥助さんも知ってのとおり、うちは貸し道具屋で、その、変ないわく付きの品もけっこう持ちこまれるんですよ。中にはひどく物騒《ぶっそう》なもの、厄介なものなどもありまして。たいていの人は、そういうものをいやがります。厄介払いしたくて、ただでうちに押しつけてくるお客もいるくらいです」

だが、客の中には、そうしたものをあえてほしがる者もいるのだという。

「今日やってきたのは、そういう客でした。うちに来るのは初めてで、見た目は三十くらい。裕福な道楽者という風情でしたね」

その男は、もし奇妙なものや不気味な念が憑《つ》いているような品があれば、全てほしいと言ってきた。

自分はそういうものを集めている。実際に不吉な物事が起きたとしても、十分に対処できるから心配はいらない。金に糸目もつけないから、あるのであれば、ぜひ売ってくれ。

店としては、これほどありがたい客はそうはいない。

だが、宗太郎は喜べなかった。

「おかしいと感じたんです。なんというか……奇妙な物を集めたい。不思議な物がほしい。そういう熱意や執着が、その人からは感じられなかった。あたしが感じたのは、もっとこう……冷たいものでした」

この男は良くない。

自分の直感を信じ、宗太郎は断ることにした。角が立たぬように、わざと残念そうな顔を作り、男に言った。

「あいにくと、今はそういう品はないのでございます。ですが、手に入ったら、必ずそちらにお売りしましょう。お名前など、教えていただけますか？」

「ん……名前」

「はい。そうすれば、品が手に入り次第、ご連絡ができましょうから」

「いや、そこまではしなくていい。……品がないなら、もう帰る」

そっけなく言って、男は立ち去ろうとした。

この時だ。猫の朱実とおこまが奥から店のほうにやってきた。

宗太郎にまとわりつく猫達を見た瞬間、男の目の色が変わった。

「……ご主人、その猫達は？」

「え？　ああ、あたしの飼い猫ですよ。最近飼い始めたばかりですが、このとおり、よく懐《なつ》いてくれていて。うちの親達も、かわいくてならないと、甘やかしてばかりなんですよ。こらこら、おまえ達。店のほうには来てはいけないと言っておいたじゃないか。さては、お腹が空いたのかい？　しかたないねえ。かつおぶしでもあげようかねえ」

このあと、宗太郎は仰天した。

客の男がこぶしを思いきり振り下ろし、おこまのことを殴りつけようとしたのだ。朱実がおこまを押しのけたおかげで、間一髪でこぶしは当たらずにすんだが、宗太郎はさすがに声を荒げた。

「うちの猫達に何をするんですか！」

「こいつらは化け物だ！　猫じゃない！」

「え？」

「私にはわかる！　わかるんだ！　ああ、こんなところにまで魔のものがはびこっているとは！　許せない！　穢《けが》らわしいかぎりだ！」

「ちょっと、お客さん。何を言ってるんですか！　とっとと出ていってください！　二度と来ないでください！　あ、こら！　や、やめて！」

宗太郎は体を張って追いだそうとしたが、逆に突き飛ばされてしまった。おこまを庇い、朱実がしゃあしゃあと威嚇《いかく》したが、男はものともせずに懐から何かを取りだし、二匹に向けようとした。

ついに、宗太郎は意を決して、そばにあった壺を男の頭に叩きつけた。後ろからの一撃に、さしもの男も「ぐっ！」とうめき声をあげ、膝をついた。

「朱実！　おこま！　こ、こっちにおいで！」

飛びついてきた二匹を抱きかかえ、宗太郎は夢中で店を飛びだした。

「待て！　待てぇぇぇ！」

後ろから聞こえる叫び声が徐々に小さくなっていくのは、本当にありがたかった。だが、すぐにも息があがってきて、逃げるよりも身を隠したほうがよいと思った。

「で、路地に逃げこんだところで、弥助さんと出くわしたというわけです」

「そ、そうだったのかい。大変だったね」

「ええ。……色々な人間にも怪異にもそれなりに慣れているつもりでしたが、あの男はだめでしたね。本当にどうかしてしまっている。朱実達に向けていたのは、なんともすさまじい敵意でしたよ」

宗太郎の味わった恐怖が伝わってきて、弥助もぶるりと身震いした。

「無事に逃げられて本当によかったね」

「ええ、本当に。でも……こうなると、しばらくうちには戻れませんねえ。この子達共々、どこかにご厄介にならないと」

宗太郎の住居は、貸し道具屋の二階にあるのだ。戻れば、また男がやってくるかもしれない。いや、もしかしたら、住まいのどこかに身を潜《ひそ》め、宗太郎達を待ち伏せしていないともかぎらないのだ。

　ここで、弥助はほっとした。

「そう言えば、旦那さん達は？」

「うちの両親は二人そろって湯治《とうじ》に行っていましてね。留守で幸いでした。あとで手紙を書いて、安全のためにも長逗留してきてほしいと伝えます。あと、近所の人にも頼んで、店を閉めてもらわないと」

「それは俺がやるよ。俺の顔はそいつに見られていないだろうから」

「そうしてくれますか？　助かります」

　ほっとしたように猫達を撫でる宗太郎に、弥助はそっとささやいた。

「あのさ、宗太郎さん。もし、そいつが言っていたとおりだとしたら？」

「というと？」

「つまり、その猫達が本当に普通じゃなかったとしたら？　どうするつもりだい？」

「かまやしませんよ」

　ちらりと、弥助を見返しながら、宗太郎は即座に言い切った。

「この子達はうちの猫です。あたしにとっちゃ家族なんですよ。うちの親もかわいがっているし。……この子らに何かあったら、あたしがおっかさんに包丁で三枚下ろしにされちまいますよ」

「そりゃおっかないな。じゃ、大事に守らなくちゃいけないね」

「ええ、もちろんです」

端《はた》から見れば、冗談めかした言葉のやりとりに思えたことだろう。だが、宗太郎の言葉の奥にあるものを、弥助は読み取っていた。

宗太郎は、猫達の正体を知っているのだ。知っている上で、大切にしているのだ。

本人達が納得しているのであれば、こちらが口をはさむことは何一つない。ほっとした心地になりながら、「それじゃ、しばらくの間、うちに来るかい？」と、弥助が言いかけた時だ。

がさがさと草をかきわけるようにして、大またで男が林の中に入ってきた。身なりはいいが、髪はばさばさと乱れ、目が血走っている。その燃えるような目が睨《にら》んでいるのは、朱実とおこまだ。

まさかと、弥助は宗太郎を振り返った。宗太郎は真っ青になりながらうなずいた。

「この人です！　な、なんで、ここがわかったんだろう？　ちゃんとまいたと思ったのに」

「そんなことはどうでもいいよ。宗太郎さん、走れるかい？　俺のうちまで、猫達を抱えて走れそうかい？」

「む、無理です。さっき走ったので、力は使い果たしてしまいました」

「…………」

「そんな顔をしないでくださいよ。あたしはこの上なく非力なんです！」

もちろん腕っ節にもとんと自信がないと、宗太郎はきっぱりと言った。こんな時でなければ、弥助は噴き出していたことだろう。

だが、今はそれどころではなかった。目の前にいる男から、なんとも物騒な気配が立ちのぼってきていたからだ。

すくみあがっている猫達を憎しみに満ちた目で睨みながら、男はいきなり咆《ほ》えた。

「穢らわしい！　忌《い》まわしい！　何も知らない人間に取り憑き、生気をすする虫けらめ！　存在してはならぬものが、この日の本の国にいるとは許されぬこと！　だが、それでも救いの道はある。こっちに来るのだ、化け物ども。貴様らを清め、役立ててやる！」

わめきながら、男は黒い数珠《じゅず》を手に巻きつけた。ぞわりと、弥助は肌が粟立った。男の持つ数珠から、気味の悪いものを感じとったのだ。

なんとか男の気をそらそうと、弥助は両手を広げて宗太郎達を庇い、叫んだ。

「待ってくれ！　こいつらのことは放っておいてやってくれ！　何も悪さはしてないいん

だ！　ただの猫として、人と幸せに暮らしているだけなんだ。本当に何もしてない。そういう妖怪だっているんだよ！」

認めてやってくれ。見逃してやってくれ。

叫ぶ弥助に、男は初めて目を向けてきた。そして、ふいに優しげに微笑《ほほえ》んだのだ。

「気の毒に。こいつらに魅入られてしまったのだな。よしよし。そちらも清めてやる。救ってやるから安心しろ。それが我々のお役目だからな」

「我々？　仲間がいるのか？」

「いるとも。まだ数は少ないが、みんな強いぞ。姫神《ひめがみ》様のご加護により、前よりもずっと強くなった！　だから、どんな化け物も従えることができる！　清めて、我らが使役してやるのだ！　さあ、そいつらを渡せ！」

だめだ。この男には何を言っても通じない。

弥助は「逃げろ！」と朱実達に叫んだ。

「俺のうちまで走れ！　場所がわからなかったら、子預かり屋の家はどこだと、妖怪達に聞け！　こいつの狙いはおまえ達だ！　宗太郎さんのために、ここを離れろ！」

迷っている様子の二匹だったが、弥助の最後の言葉にはっとしたようだ。宗太郎の腕から抜けだし、一気に走りだした。

「逃がさない！」

そう叫ぶなり、男がぐっと手を前に突き出した。いつの間にか、男が持っていた数珠は黒々とした大きな百足《むかで》に変わっていた。

その百足はまるで矢のように男の手から解き放たれ、猫達に向かって飛んでいった。飛んでいる間にも、その体は大きく長くなり、たちまち一抱えもある大蛇《だいじゃ》ほどになった。頭の先についている二本の鎌《かま》のような牙は、ぬれぬれと緑色に濡れている。

「危ない！」

「や、やめろ！」

悲鳴をあげながら、弥助と宗太郎は百足に飛びつき、食い止めようとした。だが、百足の体はさながら鉄のように硬く、体当たりをした宗太郎は「ぎゃっ！」と悲鳴をあげた。

弥助は足の一本をつかんだが、動きも勢いも止められず、ずるずると引きずられた。

ああ、もうすぐ百足の牙がおこまの尾に届きそうだ。誰か！　誰か助けてくれ！

「うげっ！」

奇妙な声が後ろから聞こえてきた。と思ったら百足が見る間に小さく縮み、元の数珠となって地面に落ちたのだ。

六

あっけに取られながら弥助は宗太郎と顔を見合わせ、それから後ろを振り返った。

あの男が倒れていた。白目を剝き、完全に気絶している。

その横には、ぼろぼろの僧衣をまとった小汚い坊主が仁王立ちになっていた。体が大きく、顔つきはいかつく、目がぎらぎらしている。

また変なやつが現れたと、弥助は身を硬くした。が、宗太郎はぱっと目を輝かせた。

「玄楽《げんらく》さん！」

「おお、へちまの若旦那じゃないか。妙な気配を感じてここに来てみれば、襲われていたのは若旦那であったか。かかかっ！　これは金一封いただかねばならぬなあ！　なんだったら、良い酒でもよいぞ！」

豪快に笑う坊主に、弥助は目を白黒させながら宗太郎にささやいた。

「知り合いかい？」

「西光寺《さいこうじ》の住職です。玄楽さんといって、うちとは昔から付き合いがありまして」

　手に負えないほどの因縁《いんねん》や邪念《じゃねん》をつけた品物を、古今堂ではこの玄楽に頼んで、清めてもらっているのだという。

「見た目そのままの破《は》戒僧《かいそう》ですが、憑《つ》き物《もの》落としの腕は確かなんです。ああ、でも、今日は玄楽さんが仏の化身に見えますね」

「かかかっ！　惚《ほ》れたか、若旦那？　あいにく、拙僧《せっそう》は女しか抱かぬぞ。そうだ。花代をくれ。しばらくご無沙汰しておるのだ」

「……こういう人です」

「よくわかったよ」

まるで昔の久蔵みたいだと思いながら、弥助は玄楽に礼を言った。

「助かりました。本当にありがとうございました」

「おお、礼儀正しい若者だな！　よしよし。気に入った。どうだ？　拙僧と一緒に花街にくりださんか？　金はほれ、そこなる若旦那が出してくれるはずだ」

「……遠慮します。それより、どうやってそいつを倒したんですか？」

「どうもこうもない。後ろから忍び寄って、こちらを振り向いたところを、みぞおちに一発食らわせてやったのだ。とどめに首にもお見舞いした。まあ、当分は目を覚まさんだろう」

「……強いんですね」

「なあに。ちょいと喧嘩慣れしとるだけだ。しかし、式神《しきがみ》をけしかけられるとは、災難だったな」

「式神？」

それだと、玄楽は落ちている数珠《じゅず》を指差した。

「式神とは、人形などの器に偽物の命を吹きこまれ、術で生みだされた化け物のことだ。魂《たましい》を持たず、術者の命令通りに動く。まあ、簡単に言ってしまえば、道具だな」

「道具……」

「しかし、あれほどの式神は滅多にお目にかかれんぞ。普通はもっと小さく、たわいもないものが多いのだ。大きく強い式神は、作りだすのも操るのも非常に難しいし、術者の力が奪われるからな。こやつ、よほど持ち前の霊力が高いと見える。……他にも式神を持っていないか、一応確かめてみるか」

玄楽は倒れている男を軽々とひっくり返した。そして、「ん？」と、声をあげた。

「どうしたんです？」

「こやつの顔には見覚えがある。少し前に、拙僧に会いに来たやつらの一人だ」

「会いに来た？　なんのために？」

「拙僧に、仲間になれと言ってきた」

びっくりする弥助と宗太郎に、玄楽は苦々しげに語った。

「いきなり五人組で押しかけてきおってな。共に悪しき妖怪どもをつぶそうではないかと言ってきた。拙僧の憑き物落としの腕を見こんでのことらしい。世のため人のためになることだからと、それは熱心であったわ」

「でも……玄楽さんは引き受けなかった？」

「ああ、断った。言っていることは立派なのだが、どうにも胡散臭《うさんくさ》くて気に入らなかったのよ。……目つきがよくなかった。妖怪が全て悪いものと思いこんでいるところが、なんとも了見の狭い感じがしてな。まったく。拙僧は妖怪が憎くて憑き物落としをしているわけではないというのに」

「………」

「拙僧が断ると、それなら拙僧が抱えている憑き物付きの品を譲り受けたいと言いだした。自分達で片付けてみせるから、とな。それも断ったところ、すごい目をして睨《にら》んできたわ。決して仲間になどなってはならん連中だと、心から思ったぞ。……しかし、妙だのう。前に訪ねてきた時は、あんな式神を操れるようなやつには見えなかった。こやつだけではない。どいつもこいつも、霊力は微々たるものに思えたのに」

首を傾げながら、玄楽はふと弥助と宗太郎のほうを見た。

「それはそうと、どうしてこやつに狙われる羽目になったのだ?」

「……この人、あたしの店に来て、化け物がいると騒ぎ立てたんですよ。それで逃げたんですが、追いかけてきて、しまいには式神を出してきたんです。こっちの弥助さんはあたしの顔なじみで、あたしを庇《かば》おうとして、巻きこまれてしまったんですよ」

朱実達のことを言いたくないのか、宗太郎はぼかした説明をした。だが、玄楽はそれで納得したようだ。

「そうか。もしかしたら、拙僧のことを調べているうちに、古今堂のことを嗅ぎつけたのかもしれないな。すまん、若旦那。多少、拙僧のせいでもあるかもしれん。ということで、助けた礼は二割まけておく」

「どうあっても、あたしから巻きあげるつもりですね？」

「そりゃ、もらえるものはもらわねばな。それに、こやつのことはもう心配せんでもいいぞ。二度とそっちに迷惑をかけないようにしてやるからのぅ」

「みっちり説教でも食らわしてやるんですか？」

「ふん。そんな甘いことですませるか」

にやっと、玄楽はなんだか怖い笑みを浮かべた。

「昨日、獅子頭《ししがしら》を引き取ったばかりでな。奇っ怪なことに、この獅子頭をかぶると、記憶を十日分ほど忘れてしまうというのだ」

「記憶を食われてしまうってことですか？」

「そういうことなのだろう。それをかぶせて、若旦那のことなど諸々忘れさせてから、放りだしてやるつもりだ。お、そうだ。まずはこやつから迷惑料をいただかねばな。……おお、けっこう持っているではないか。上々！　わははははっ！」

手早く男の懐《ふところ》を探り、財布をつかみだす玄楽の姿は、まるで追い剝ぎのようだった。

弥助はまた宗太郎にささやいた。

「すごいお人だね」

「ええ、とんでもないお坊様ですよ。……憎めないんですけどね」

「………」

やっぱり久蔵に似ていると思いながら、弥助はあの数珠に近づいた。つやつやとした黒い石が連なっている数珠は、まったく動く様子がなかった。これがあれほど恐ろしかった百足《むかで》だったとは。

恐る恐る指先でつつき、ついにはつまみあげてみた。やはり数珠は動かない。

だが、弥助はかすかな気配を感じた。

これは知っている。ああ、でも、なんの気配だったか。

そう思ったところで、ふいに十郎の顔が頭に浮かんできた。

「あっ……」

思わず小さく声を漏らしてしまった。

そうだ。これは付喪神《つくもがみ》の気配だ。ということは、この数珠は式神などではなく、付喪神に違いない。

付喪神は持ち主に尽くすものだ。あの男がたいした力を持っていなかったとしても、付喪神が自分の意志で男に仕え、従っていたのだとすれば、あの強さも納得できる。

そこまで思ったところで、別のことも頭に浮かんできた。

もしかしたら、この数珠は十郎のことを何か知っているかもしれない。月夜公に渡し、調べてもらったほうがいいだろう。今はどんな些細《ささい》な手がかりもほしいところだろうから。

弥助は玄楽のほうを振り返った。玄楽は、さらに金目のものはないかと、男を調べているところだった。

「玄楽さん。これ、俺がもらってもいいですか？　ちょっと調べてみたいことがあって」

「ん？　ああ、かまわん。術者のそばにないかぎり、式神は危険でもなんでもないからな。おっ！　よい煙草入れではないか。むふふ。これもいただいておこう」

めぼしい物はもうないとわかると、玄楽は男を背負った。

「では、拙僧はこやつを寺に連れていく。若旦那達も家に帰るがいい。もう何も起こらぬと思うが、何かあったら、すぐに拙僧のところに来るがいい。色々と安く請け負ってやろうぞ」

かかかかっと笑い声をあげながら、玄楽は林から出ていった。

ふうっと、宗太郎が息をついた。

「やれやれ。とにかくよかった。とりあえず家に戻っても大丈夫そうなので、あたしは朱実達を捜して、戻ります」

「もし、また怪しいのが来たら、まっすぐ俺のところに来たらいいよ。匿《かくま》うから」

「ありがとう。その時はそうさせてもらいます」

嬉しげにそう言って、宗太郎は猫達が逃げたほうへといそいそと歩きだした。

数珠を懐に入れ、弥助も帰ることにした。

「戻ったら、初音さんに頼んで、月夜公を呼んでもらおう。十郎さんに関係しているかもしれないと言えば、月夜公もすっ飛んでくるはずだ」

そんなことをつぶやいている弥助に、背後から大きな青白い蝶がはたはたと近づいてきた。

蝶はそのまま弥助の首筋にぴたりと止まった。

その瞬間、弥助の目が白く濁《にご》った。

七

時は少し遡《さかのぼ》る。

弥助が太鼓長屋《たいこながや》の周辺をぶらぶらと歩いていた頃、西《にし》の天宮《てんぐう》では千吉が目を覚ました。

「……弥助にい？」

目覚めると同時に、本能的に兄の気配を探した。

だが、兄はおらず、そこは見慣れた自分達の小屋でもなかった。今まで寝ていた布団《ふとん》はふかふかだし、横には天音と銀音がこんこんと眠っていた。

「……そうか。昨日は西の天宮に泊まったんだ」

千吉はやっと思いだした。

昨夜はひたすら修業に明け暮れ、夜明けと共に、三人そろって、ばったりと倒れてしまったのだ。

あれからどのくらい時が経ったのだろうか。

外に出て確かめようと、千吉は立ちあがろうとした。

とたん、体がよろめいた。

疲れのせいで、ずっしりと体が重かった。まるで見えない石地蔵でもおぶさっているのではないかと思えるほどだ。

「……きつい」

思わずつぶやいた。

今回、朔ノ宮が教えてくれた術は、これまでとは比べものにならないくらい難しいものだった。双子《ふたご》は途中で涙目となったし、千吉ですら、いっこうにうまくやれないことに苛立ちと悔しさを覚えた。

おまけに、非常に疲れるのだ。走ってもいないのに息があがり、頭の奥が熱く痛くなる。術を使いこなせるようになれば、そういうこともなくなると、朔ノ宮は言っていたが、はたしてそれはいつのことになるだろうか。

昨夜の自分を思いだし、絶望感がこみあげてきたが、千吉はすぐさまそれを打ち消した。会得《えとく》できれば、この術は役に立つだろう。兄のためになるだろう。全ては弥助のため。

そう思えば、やる気がよみがえってくる。

「あきらめるもんか。今日もがんばるぞ」

自分を励まし、改めて立ちあがろうとした時だ。

「いやあああっ！」

絹を裂くような悲鳴が聞こえてきた。

千吉はさっと身構え、寝ていた双子も飛びおきた。

「えっ！」

「な、なに？　なんなの？」

「わからない！　いきなり聞こえてきたんだ！」

と、またしても悲鳴が聞こえた。甲高いが、若い男の声だ。それはだんだんと悲しげな泣き声に変わっていった。涙がしたたるような悲痛さがあふれている。

しばらく子供達は身を硬くしていたが、いっこうにやむ気配がないので、ついに出所を確かめに行くことにした。

部屋を出て、泣き声をたどって廊下を歩けば、やがて三階の奥の大扉にたどりついた。

「ここ、四連《よんれん》のみなさんの遊び場よ？」

「……四連の誰かがこんな泣き声をあげてるってことか？」

「……うーん」

子供達は顔を見合わせ、黙りこんだ。

力強い白王《はくおう》、りりしい黒蘭《こくらん》、華やかな朱禅《しゅぜん》、穏やかな蒼師《そうし》。

四連と呼ばれるこの四人の犬神《いぬがみ》は、朔ノ宮を支える手足であり、それぞれが強い妖力《ようりょく》を持つあやかしだ。こんな悲鳴をあげる姿など、想像することもできなかった。

ともかく、ここにいても埒《らち》があかない。

三人は大扉を開けて、中に入った。

扉の向こうには、庭園が広がっていた。室内であるはずなのに、空があり、日が輝いている。奥には池、竹林などもあり、足元の草は青々とし、四季折々の花が咲き乱れていた。

だが、この和やかな風景を台無しにするように、例の泣き声が響きわたっている。

声を追っていった三人は、ついに泣いているあやかしを見つけた。

なんと、そこには三人のあやかしがいた。

一人はあせびだ。だが、残りの二人は見たこともないもの達だった。

一人は、金茶色の長い毛で覆われているためか、体そのものが鞠《まり》のように丸く、手足も顔も隠れてしまっている。「きっと、ぽんちゃんの親戚よ」と、天音が銀音にささやくほど、鼓丸を思わせるところがあった。

もう一方は、烏天狗《からすてんぐ》のようだった。が、体を覆う黒い羽はあちこち抜け落ち、かわりに目に痛いほど鮮やかな赤や緑の鱗《うろこ》があらわとなっている。頭の上も見事に禿《は》げて、銀色と青の鱗がぴかぴかと光っていた。

そしてこの見慣れぬあやかし達は、この世の終わりとばかりにさめざめと泣いていた。

なぜか熱心に空を見あげていたあせびだったが、ついにうんざりした顔で二人を叱りつけた。

「うるさいよ！　いつまでめそめそしているつもりだい！」

「ううっ！　ひどい！　ひどいですよぉ！」

「何がひどいもんか！　これも月夜公様のためであり、立派なお役目の一つだろう？　それに、あたしのためにひと肌脱ぐって言ってくれたのは、あんた達じゃないか」

「こんなふうになるなんて、承知してません！」

「そ、そうですよ！　ああ、こんな姿、許嫁《いいなずけ》の翠殿《みどり》に見られてしまったら、あ、ああ、もうお終いだあ！　ほんとに元に戻るんですよね？」

「大丈夫だよ。あんたらだって知ってるだろ？　あたしはいつだって効果を打ち消す薬を調合してきたじゃないか」

「そ、そうですよね。そうでした」

「……まあ、いつ完成できるかは、わからないけど」

「うわあああん！」

「ぴゃあああぁ！」

「だから、うるさいっての！」

ごんごんと、あせびの拳骨《げんこつ》を頭に食らい、あやかし達は一気に静かになって、地面に伸びた。

「ふん。まったく、軟弱なんだから。ちっとはあたしのことを信用してほしいもんだよ。……まあ、こんな効果が出るとは思ってなかったけど。……本来の効き目が出てくるまで、あと少しかな」

ぶつぶつ言いながら顔を上げたあせびは、ようやく千吉達に気づいた。

「千吉に双子ちゃんじゃないか。あんた達もここに来てたのかい？」

「うん。昨日から修業のために泊まっているんだ」

「ああ、そうか。あんた達は朔ノ宮様の弟子だったね。……先日は世話になったねえ」

「あの……勝手に家から連れだしたこと、怒ってない？」

恐る恐る聞く天音に、怒ってないよと、あせびは笑った。

「むしろ、感謝してる。おかげで、気持ちを立て直すことができた。それに、家をきれいにしてくれたそうじゃないか。助かったよ。ありがとね」

「う、うん」

「ところで、あの、このあやかしさん達は誰なの？」

「ああ、こいつら？　東《ひがし》の地宮《ちぐう》の烏天狗達だよ。こっちのむくむくは宵雲、こっちの鱗だらけのは桐風だよ」

「えっ！　桐風さんなの？」

「うん。ここに来る時、一緒に連れてきたんだ。新しい道具や薬を試すのに、こいつらの助けが必要だったからね」

助けではなく犠牲《ぎせい》ではないかと言いかけるのを、子供達はすんでのところで思いとどまった。

「それじゃ……薬を試したら、こんな姿になっちゃったってこと？」

「姿を変化させる薬を作ったんですか？」

「違う違う。作ったのは、嗅覚を一気に高める薬だよ。ほら、犬神達はそろって鼻が効くだろ？　烏天狗達にもそういう能力があれば、十……罪人捜索の助けになるだろうと思って。で、犬神達に材料をもらって、色々まぜこんでみたんだ。きっと効果はあるはずなんだけど、それが現れる前に、鱗や毛が生えてきちまったんだよ」

なるほどと、子供達は一応納得した。聞けば聞くほど、桐風達が気の毒に思えた。

「……元に戻してあげられるんでしょ？」

「ああ、そのための薬も作るつもりだよ。でも、それは後回しだね。とにかく、今は力を高めることが第一だから」

と、この時、倒れていた宵雲がむくりと起きあがった。と思ったら、ごろごろと、草の上を激しく転がり始めたではないか。

「うおおおっ！　な、なんか、頭が！　ごちゃごちゃして、苦しい！　鼻が！　痛い！」

「痛い？　おかしいね。そんな効き目は出るはずがないんだけど」

首をひねるあせびに、千吉が言った。

「いきなり鼻が利くようになって、混乱しているんじゃないかな？」

「あ、なるほど。そうなのかい、宵雲？」

「ち、近づかないでくれ！」

「え？」

「あせびさん、昨日風呂に入ってないでしょ！　臭い！　脇の下のあたりからの臭いが特にひどい！」

「……あたしに向かって臭いたぁ、いい度胸してんじゃないか」

「わああっ！　だから近づかないでくださいって！」

と、今度は桐風が目を覚まし、目をごしごしこすりだした。

「な、なんだ、これ！　なんなんだ！」

「どうしたんだい、桐風？」

「目が変だ！　色々なものが見える。ゆらゆらと、色とりどりの湯気みたいなものが漂っていて……うぅ、吐きそうだ」

実際、桐風はげえげえと吐き始めてしまった。その臭いに、絶叫する宵雲。阿鼻叫喚《あびきょうかん》のありさまに、あせびはひたすら困惑しているようだった。

千吉がまた言った。

「たぶん、桐風さんも鼻が利くようになったんだよ、あせびさん」

「でも、おかしいのは目だって言ってるよ？」

「前に教わったんだ。犬神達は、匂いを見ることができるって」

「ふうむ。そういうことか。じつはね、こいつらには、それぞれ違う薬を飲ませたんだ。効き目はもちろん違うだろうと思っていたけど、こうなるとはね。……おもしろい。でも、このままじゃ強すぎる。もう少し効き目を和らげたものをこしらえないと。幽水《ゆうすい》で薄めて、月華骨《げっかこつ》の粉末の量を増やして……また白王さんのつばをもらわないと。朱禅さんの毛も。今度は尻近くじゃなくて、頭のほうの毛をもらってみようかな。部位によって、出る効果が違うかもしれないし」

ぶつぶつつぶやくあせびに、くわっと、のたうっていた烏天狗達が目を見開いた。

「つば？　尻の毛？」

「そ、そんなもの、俺達に飲ませたんですか！」

「汚くはないよ？　ちゃんと火で熱したし。だいたい、今更だろ？　あんた達がよく口にしている兵糧丸《ひようろうがん》だって、金剛猪《こんごういのしし》の睾丸《こうがん》だの、紅蓮《ぐれん》みみずの粘液《ねんえき》だのをまぜこんで作ってあるわけだし」

「……きいいいいいっ！　恨んでやるぅ！」

「祟《たた》ってやりますからねぇ！　う、うげえええっ！」

「この！　桐風！　あんた、今、わざとあたしに向かって吐いたね！」

「へ、へへへっ！」

「い、いいぞ、桐風！　俺の分も仇《かたき》を取って……おげえええっ！」

「宵雲！　この野郎！」

乱闘が始まるかと思われた時だ。

野太い叫び声と共に、何かが空から落ちてきた。

「う、うおおおおっ！」

地面にめりこむようにしてなんとか着地したのは、犬神の白王だった。あいかわらず仁《に》王像《おう》のようにたくましく、きりりとした顔つきが精悍《せいかん》だ。

が、なんと両腕が大きな白い翼に成り代わっている。

いや、よく見れば、作り物の翼だ。竹でできた骨組みの上に、紙の羽根が無数に貼りつけてある。

あせびが作ったものに違いないと、子供達はすぐに思った。

あせびは締め上げていた烏天狗達を放りだし、白王に駆けよっていった。

「白王さん！　大丈夫かい？」

「あ、ああ。なんとかうまく着地した。しかし、これはなかなか難しいな。空を飛べるというのは心地よいが、風の流れを見誤ると、とんでもないことになる。いきなり高く飛んだと思ったら、次には力が失せて、真っ逆さまだ。それに……見た目以上に重いので、すぐに疲れてしまう。この重さ、なんとかならぬか？」

あせびに言う白王に、桐風達が詰めよった。

「贅沢《ぜいたく》ですよ！　重いくらい、なんだというんですか！」

「そうですよ！　我々をごらんなさい！　このありさまですよ！」

「……おぬしらは桐風殿に宵雲殿か？　な、なんという姿だ。さては、先ほど飲んだ薬のせいか？」

「飲んだんじゃありません！」

「飲まされたんです！」

「き、気の毒にな。あとで俺が茶を点《た》ててやろう。とっておきの蜜菓子《みつがし》も出すから、少し気を持ちなおすとよい」

「白王殿……お優しい」

「ああ、な、なんだか心に染みる良い匂いがしますぅ」

子犬のように白王にまとわりつく烏天狗達。

それを無視して、あせびはまたぶつぶつぶやきだした。

「重いのは羽根のせいか。丈夫が売りの石紙《いしがみ》を使ったのは間違いだったかね。千里蝶《せんりちょう》の羽があればよかったんだけど、あれは貴重だ。翼を作れるほど集めるのは簡単じゃない。うーん。もっと考えないと」

と、ばさばさと羽音がして、犬神の黒蘭が舞いおりてきた。白王と同じような作り物の翼をつけていたが、なぜか日がじんわりと赤く光っている。

危なげなく着地したあと、黒蘭はからかうように白王に言った。

「あんたが落ちるのが見えたわよ。だから、あんなに高く飛ぶなと言ったのに」

「俺のせいではない。翼が勝手にしたことだ」

「あらそう？　私の翼は調子がよかったわよ。あせびさんに点《さ》してもらった目薬のおかげで、風というものも見えたしね」

「本当ですか？」

すぐさまあせびが食いついた。

「あたしの目薬のおかげで、風が見えたんですね？」

「ええ、それなりにはっきりと。おかげで、どの風に乗れば、自分の行きたい場所に楽に行けるか、わかったわ。でも……この目薬はすごく目が痒《かゆ》くなるの。もうつらくって……」

たまらんとばかりに目をこすりながら、黒蘭はきっぱりとした口調であせびに言った。

「あなたが優秀な職人だというのはよくわかった。昨日の今日で、よくこんなものを作れたと感心する。でも、次に道具を試したい時は、朱禅か蒼師殿に頼んでちょうだい。私はしばらくごめんだわ」

「そう言うな、黒蘭。協力しろと、姫様にも言われただろう？」

「白王、あんたと違って、私は……ああ、もう我慢できない！　水で目を洗ってくる！」

腕にはめていた翼を脱ぎ捨て、黒蘭はぱっと走っていってしまった。

白王が苦笑しながらあせびに言った。

「すまぬなあ、あせび殿。あやつは四連の中でも気難しいやつなのだ」

「大丈夫です。ああいうことを言われるのは慣れているから、全然気にならないですよ」

少しは気にしてくれと、桐風と宵雲が小さな声で嘆いた。

その声を聞きつけたのか、あせびが烏天狗達のほうを振り向いた。

「それはそうと、そっちは少し効き目がなじんできたようじゃないか。あんたら烏天狗の鼻は、犬神達とは違う働きをするかもしれない。ってことで、ほら、こいつを嗅いでおくれ。十郎のだよ」

あせびは懐《ふところ》から藍染《あいぞ》めの手ぬぐいを取りだし、問答無用で烏天狗達の鼻に押しつけた。

いやいや匂いを嗅いだ烏天狗達は、そろってかぶりを振った。

「……わからない。十郎の匂いはするけど、どこにもつながっていない」

「あせびさんの匂いのほうが強い」

「ちっ！　なんだい！　簡単にあきらめるんじゃないよ。もっと嗅いで。ほら、もっと！」

「焦《あせ》りなさんな、あせび殿」

しゃがれた声がしたかと思うと、もしゃもしゃした灰色の毛を生やした、小さな犬神が突然、皆の前に現れた。

蒼師だ。四連の中で一番年長者だが、その青い目は子犬のように生き生きときらめき、茶目っ気がある。

蒼師はなだめるようにあせびに言った。

「我ら犬神ですら、十郎という男の匂いをたどれぬ。それはすなわち、十郎が完全に魂《たましい》を閉ざしているからじゃろう。あせび殿のそばにいた頃の十郎は、今は存在しないも同然。まったく別の魂が体に宿っていると言ってもよい。そんなことは、よほどの意志の強いものにしかできぬことじゃがな」

「…………」

「だからこそ、捜索にはあせび殿の力が不可欠。我らが姫様もそうお考えじゃ。焦ることなく、引き続き励んでほしい。我ら犬神も協力は惜しまぬゆえ」

「……ありがとうございます。それじゃ……さっそくですが、蒼師殿の小水をもらえますか？」

「えっ？　わしの、な、何がほしいと？」

「小水です。小便ですよ。うまく使えば、役に立つものができるかもしれな……あっ！　どこ行くんですか！」

びゅっと逃げだした蒼師を、あせびは急いで追いかけようとした。だが、できなかった。

桐風と宵雲が死に物狂いの様子で、あせびに飛びついて、足止めを食わせたのだ。

「逃げて！　逃げてください、蒼師殿！」

「我々のためにも、絶対に捕まらないでください！」

「あんたら、誰の味方なんだい！　あ、蒼師殿！　くそ！　逃げられちゃったじゃないか！　もういいよ！　だったら、白王殿……」

「まっぴら御免被る！」

「なんでですか！」

ふたたび大騒ぎが始まるのを、子供達はただただあきれはてながら見ていた。

と、鼓丸が駆けよってきた。

「あ、こんなところにいたんですか。三人とも、朝餉《あさげ》にしますよ。それが終わったら、すぐにまた修業です」

「わかった」

「あせび姐《ねえ》さん、がんばってね」

「桐風さん達は……えっと、無理しないでね」

そうして、そそくさと三人はその場を離れたのだった。

八

白く柔らかく暖かな繭《まゆ》の中で、姫神《ひめがみ》は静かに夢を見ていた。

眠る時、姫神はいつも二つの夢を同時に見る。

一つは胡蝶《こちょう》に姿を変えて、会いたい相手の元を訪れ、話をする夢。夢というより、魂《たましい》を飛ばすというのに近い。

そして、もう一つは完全な悪夢だ。

ぐんぐん近づいてくる荒々しい足音。

怯える自分を取り囲むたくさんの松明《たいまつ》。

その明かりに照らされている村人達のぎらついた目。

「出てこい！」

「報《むく》いを受けろ！」

「何が姫神様だ！　役立たずの偽者め！」

ひどいののしりが、次々と礫《つぶて》のように飛んでくる。その痛みに心をえぐられるが、これは序の口だ。このあとに起きることはもっとひどい。取り押さえられ、大事なものを奪われて……。

最後にやってくるのは痛みだ。胸を貫く鋭い痛み。

姫神はついに悲鳴をあげた。そして、自分の悲鳴で目を覚ました。

体は汗でべたべたし、胸が激しく打っていて不快だった。姫神は自分を落ちつかせるために、ぎゅっと身を丸めた。

こんなにも強くなったのに。この悪夢だけはどうしても追い払えない。なぜなら、ただの夢ではないからだ。

昔々、まだとても弱くて、何もできなかった頃の記憶。

過去の残滓《ざんし》だとわかっているのに、見ると怖くてたまらない。

だが、こうして目を覚ますと、夢の中で味わった恐怖よりも強いものがこみあげてくる。

後悔だ。

自分を襲いに来た村人達。全員、顔見知りだったが、みんな別人に見えた。化け物のようだった。心底怖いと思いながら、同時に悟ったのだ。

魔物がみんなを食ってしまったのだと。

その体を乗っ取り、今度は自分を殺しにやってきたのだと。

だからだろう。自分を襲ってきた者達には、今も昔も怒りはない。ただ哀れみを感じ、責任を感じていた。

自分が強ければ、化け物からみんなを守れたはずなのだ。

守りたかったのに、誰も救えなかった。自分は力不足だった。

だからこそ、人ならざるものへの憎しみと怒りはすさまじかった。

化け物はみな封じなければならない。人に害を及ぼす前に、彼らの魂《たましい》を縛《しば》り、人のために役立つ道具に変えてしまわなくては。

その信念が姫神を少しずつ強くしていった。自分を崇《あが》め、従ってくれる信者も増えてきたし、ここに来て大きな力も手に入った。この繭玉の中から孵化《ふか》できる日も近いと、肌で感じる。

「それに……また良い子が手に入りそう。頑固だけど、あと少しで私のものになってくれるはず」

微笑《ほほえ》みながら、もう一度まどろもうとした時だ。

繭玉の外から、男が低い声で呼びかけてきた。

「姫神様……五代《ごだい》でございます。お目覚めでございましょうか?」

五代は姫神の熱烈な信者であり、他の者達をまとめあげてくれている男だ。式神《しきがみ》の術者としての腕もよく、姫神はこの男を誰よりも頼りにしていた。

「五代？　どうしたの？」

すぐにも眠りたいのを我慢して、姫神は優しく五代に言葉を返した。

「はっ！　行方知れずだった松之助《まつのすけ》が戻ってまいりました。少し様子がおかしく、ここ十日あまりの記憶を失っているようでございます」

「まあ、それはかわいそうに。頭でも打ったのかしら？　何があったにしろ、無事に戻ってくれてよかったわ。ゆっくり休むように、松之助に伝えて」

「はい」

だが、そのあとも五代は立ち去ろうとしなかった。

「まだ何かあるのかしら？」

「じつは、その……ここ数日、体の具合を悪くする信者が相次いでおりまして。姫神様からいただいた御力のおかげで、式神を操ること自体は好調なのでございますが」

「具合が悪いって、どんな感じに？」

「はい。腹のあたりが重くこわばり、ちりちりと痛くなるのでございます。動けないほどではないのでございますが、どうにも不快でございまして。か、かく言う私も同じような痛みを感じております」

「まあ、そうだったの。それはよくないわ。……わかった。私の蜜《みつ》をもう少しあげる。それできっとまた元気になるはずよ」

「そうしていただけますか？　ああ、ありがとうございます」

五代がほっとしたように息をつくのを感じ、姫神は微笑んだ。

五代を始め、信者達はみんな姫神のかわいい子供だ。大切にしなくては。

姫神は分厚い繭をめりめりと破り、腕を一本だけ外に出した。手のひらに力を集めれば、たちまち黄金色の蜜があふれだした。

「おおおっ！　あ、あいかわらずなんと美しい！」

「お世辞はいいから、受けとって、五代。みんなにも分けてあげるのよ」

「はい！　もちろんでございます！　では、いただきまする！」

五代が蜜を受けとったあと、姫神は手を引っこめた。繭の破れは見る間に直った。自分が強くなったことを、姫神はそこからも感じとった。

五代も同じだったのだろう。期待をこめた声でささやいてきた。

「姫神様。孵化はじきでございましょうや？」

「ええ、もうすぐよ。もうすぐ、あなた達とちゃんと会えるわ」

「ああ、ありがたや。一日千秋の思いで待ちわびております。……そう言えば、例の混じりものでございますが」

「十郎とかいう男の人ね？」

「はい。今のところ、怪しいそぶりはまったくございません。人間に戻りたいという願いに突き動かされているのは、間違いないようでございます。姫神様にお目通りしたいと、願っておりますが。……いかがいたしましょう？　そろそろ城に入れてやりますか？」

「そうねえ。十郎はすばらしい贈り物をしてくれたから、すぐにも報いてあげたいところだけれど……ううん。やっぱり、会うのは孵化が終わってからにしましょう。力が完全に私のものになるまでは、人に戻してあげることは無理だと思うから」

それにと、姫神は付け加えた。

「力を取りこむ以外にも、私、やらなくちゃいけないことができたの」

「やらなくてはならないこと？」

「ええ。手に入れたい子がいるのよ。とてもすてきな子。もう誘いのささやきはかけているから、仲間になるまであと一押しってところかしら。それにね、その子はとても役に立ちそうなの」

「さ、さようでございますか？」

「ええ。私達にとってためになることを、いっぱい知っていそうなの。だから、必ず私のもとに来させるわ。必ずね。その子が来たら、面倒を見てあげてね、五代」

「もちろんでございます」

「よかった。じゃあ、もう行って。みんなに蜜を配ってあげて」

「はっ！」

五代が足早に去ったあと、姫神は今度こそ目を閉じた。眠って、胡蝶となって、あの若者のもとに飛んでいこう。そして、呼びかけるのだ。

自分のものになって、と……。

＊

弥助ははっと目を覚ました。

「ここは……」

見慣れた自分の小屋の中だった。だが、ひどく寒く、薄暗い。

起きあがり、自分の体も冷え切っていることに気づいた。肉が凍ってしまったかのようにこわばっていて、節々が痛い。震えも止まらない。当たり前だ。火鉢に火も入れず、着の身着のままで床に転がって寝ていたのだから。

震える手でなんとか火を起こし、半纏《はんてん》を着こんで火鉢にかじりついたあとも、弥助は呆然としていた。

「俺……どうやって小屋に戻ったんだ？」

いくら思いだそうとしても記憶がなかった。

卵を売り終えて太鼓《たいこ》長屋《ながや》のほうに散歩に行き、蕎麦《そば》を食べ、顔なじみに囲まれたことは細かく覚えている。その後、宗太郎と猫達と遭遇したことも、奇妙な男が式神とやらを使って襲ってきたことも覚えている。破戒僧《はかいそう》の玄楽の笑い声も、しっかりと耳に残っている。

なのに、その後のことがすっぽり抜けてしまっていた。

どの道を歩いて、いつ小屋に戻ってきたのか。どうして、この寒い時期に床に寝転がっていたのか。

思いだせないことが気味悪くて、思わずあごをさすった。

「ん？　んん？」

ざわっとしたものに指が触れ、弥助は目を瞠《みは》った。もう一度、あごに触れてみた。

髭《ひげ》だ。指先でつまめるほど伸びている。出かける前に、きちんと剃《そ》ったはずなのに。しかも、昨日今日で伸びる長さではない。

「……まさか俺、何日も寝てたのか？」

そんなはずはないと思いながらも、ふいに猛烈な空腹を覚えた。見れば、腹もぺしゃんこだ。体に力が入らないのは、寒さのせいだけではなかったらしい。

「と、とりあえず、何か食わないと……」

だが、今から飯の支度をする気力はなかった。鍋釜《なべかま》を持つことさえ難しく思える。

「しかたない。……久蔵のところに行って、何か食わせてもらおう」

この髭だらけの顔を見られたくはなかったが、贅沢《ぜいたく》は言っていられない。

よろよろと立ちあがりかけた時だ。弥助は、何かが天井の近くをはたはたと飛び回っていることに気づいた。

青白い大きな蝶だった。

いつ小屋の中に入ってきたのだろう？　それに、なんという蝶だろう？　だいたい、この時期に蝶を見るなんて初めてだ。まだまだ春は先だというのに。

思わず目で追っているうちに、弥助の体から力が抜けてきた。あれほど強烈だった空腹感もすうっと薄れていき、かわりに眠気が押しよせてきた。

だめだ。今眠ったらだめだ。

そう思うのに、抗《あらが》えない。

ぐんにゃりと弥助は床に崩れ、目を閉じると同時に眠りに落ちていた。

眠りの中はとても心地よかった。甘い香りで満ち、ぬくぬくと温かい。そして、誰かが弥助のそばにいた。目を開けて確かめることはできなかったが、その誰かが愛らしく微笑んでいるのを弥助は感じとった。

やがて小さな手が、弥助の肩や首を優しく撫でてきた。それがうっとりしてしまうほど気持ちよくて、弥助は子供のように相手に甘えたくなった。

そして思いだした。

ああ、そうだ。こうして撫でられるのは初めてではない。さっきまで、この誰かはそばにいたのだ。夢の中で、ずっと弥助に触れ、ささやいていたではないか。

温もりが失せ、ぞわりと、いやな寒気が這いのぼってきた。それは、弥助の本能だった。

目覚めなくては！　それが無理なら、せめてこの手を払いのけないと。撫でられていると、気持ちよくて何も考えられなくなってしまうから。

だが、弥助はぴくりとも動けず、目を開けることすらできなかった。

なすがままになっている弥助に、ついに相手が声をかけてきた。

「また会えて嬉しいわ、弥助」

かわいらしい女の子の声だった。だが、不思議なことに、じわんと二重に聞こえた。まるで、二人の少女が息を合わせて、同じ言葉を同時にしゃべっているかのようだ。

その奇妙な声音は、弥助の心にやすやすと侵入してきた。

「あなたは生まれ変われる。私が救ってあげる。だから、心配しないで私を信じて。私だけを信じて、全てを話して。……あなたは、化け物と縁があると、さっき言ったわね？　本当なの？」

「う、ううう……し、知らない」

「あら、嘘はだめ。嘘は嫌いなの。ほら、話して。あなたみたいな優しい人が、どうして化け物なんかと知り合うようになったの？」

「……子供の頃にしくじって、罰を受けた。それからずっと……妖怪の子預かり屋をやってるんだ」

「子預かり屋……。妖怪の子はたくさんいるの？」

「たくさん、い、いる。けど、しばらく俺のところには来ていない。妖怪を狙っている人間がいるらしいから、み、みんな用心しているんだ。で、でも、妖怪奉行の朔ノ宮がきっとそいつらを捕まえてくれるよ」

「……朔ノ宮って、どんな化け物なの？」

「化け物じゃない。犬神だよ」

相手が望むままに、弥助は自分が知っていることを話していった。見ず知らずの相手に教えてはいけないと、頭のどこかではわかっているのに、聞かれれば答えずにはいられなかった。

弥助からあらかた話を聞きだしたあと、声の主は今度は弥助の中に埋めこむように、言葉を注ぎだした。

それはあやかし達への憎しみだった。

大切なのは人間の幸せ、それを守るために、あやかしは全て、人のための道具に変えてしまったほうがいい。彼らは存在していてはいけない。殺すか封じなくてはいけない。

そんなことはないと、弥助は必死で逆らおうとした。

いいあやかしもいる。たくさんいるし、平和に暮らしている。むやみに手を出すべきではない。

だが、声の主は弥助の抵抗を念入りにつぶしていった。

妖怪は闇のもの。今はおとなしくても、いつ本性を現すかわからない。人とは違うのだから、決してわかりあうことはできないし、一緒に生きていくことなどできはしない。

本来なら、それは弥助の考え方とは真逆のものだった。なのに、言い聞かされているうちに、弥助は「そうかもしれない」と思ってしまったのだ。一度認めてしまうと、たちまち相手が正しいことを言っているように思えてきた。

自分の心がじわじわと侵されていることに、弥助は気づけなかった。

そして……。

白かった布が染めあげられるように、弥助は相手の考えに染まった。

「そうだよな。妖怪は、化け物は、恐ろしくて醜《みにく》い。……殺さないといけないよな」

「ええ、ええ、そのとおりよ！　では、もう起きて。起きて、私の元に来て。あなたに力をあげるから、私と一緒に戦って。一緒に人を守りましょう、弥助」

「……わかった」

うなずいたところで、弥助ははっと目を覚ました。

目の前に、あの大きな蝶が舞っていた。手を差し伸べると、蝶はすんなりと弥助の手に降りてきた。

弥助はしばらく眺めたあと、なんの躊躇《ちゅうちょ》もなく蝶を口に運び、ひと呑みにした。

次の瞬間、弥助は消えた。

だが、それを見ていた者がいたのだ。

九

千里眼《せんりがん》の術。

動かぬまま、はるか遠くのものを見聞きする術。

それが、朔ノ宮が子供らに教えた術だった。

だが、これはとても難しかった。言うなれば、生きたまま幽霊になることなのだ。体から魂《たましい》を抜けださせ、知りたいことを知ったらまた戻る。これをなしとげるには、神経が絞られるような集中と精神力が必要だった。

なかなかこつがつかめぬまま八日が過ぎ、千吉は焦《あせ》っていた。こんなに長く弥助から離れているのは初めてで、そのこともつらかった。

兄はいまごろどうしているだろう？　風邪をひいたりしていないだろうか？　一人で寂《さび》しがっていないだろうか？

頭に浮かぶのはそのことばかり。集中しろと、朔ノ宮に怒られた。

「気持ちを強く持たなければ、戻れなくなるぞ！　幽体ははかなく、自分の意志が薄れやすいのだから。どこそこのこれを知りたい！　これだけを知りたい！　そう強く願わなければ。最悪生き霊となって、さ迷う羽目になる。何度も言っているのに、まだわからないのか？」

「……すみません、師匠。でも……どうしても弥助にいの顔がちらついて」

「まったく。執着ここに極《きわ》まれりだな。……いっそ、兄の元に心を飛ばしたらどうだ？」

「千里眼の術で、弥助にいの顔を見てこいってことですか？」

「ああ。それであれば、そなたもやる気が出るし、上達につながるのではないか？」

「そうですね！　俺、なんで思いつかなかったんだろう！　す、すぐやってみます！」

「まあ、お待ち。双子《ふたご》が気を失ったから、部屋まで運んでくる。私が戻るまでの間に、そなたも巌芯丹《がんしんたん》を飲んでおくのだ。体が弱っていては、術の効き目も悪くなる」

「はい」

朔ノ宮が双子を抱えて部屋を出ていったあと、千吉は与えられた茶色の丸薬を水と一緒に飲みこんだ。この薬は舌に穴が開きそうなほど酸っぱいのだが、効果は目覚ましく、たちまち疲れが吹き飛んだ。

戻ってきた朔ノ宮も、千吉の顔を見るなりうなずいた。

「よしよし。顔色が少しよくなった。では、教えたとおりに息を整えて。自分が小鳥となって、飛びたつさまを思い描くのだ」

「……思い描く。細かく、細かく」

「そう。小鳥の羽根の一枚一枚、目の輝き、くちばしの形にいたるまで。自分がなりたい姿がしっかりかたどれたら、飛びたつのだよ。どこに行きたいか、そのことだけは忘れてはいけない」

忘れるものかと、目を閉じながら千吉は思った。

自分は鳥になる。すばやく飛べる燕《つばめ》だ。長い尾羽。独特の鋭い形の翼。赤々とした首元。春を告げる鳥だ。自分の無事を伝えるために、燕となって兄のもとまで飛んでいこう。

集中するうちに、自分がいつしか本当に燕になったように思えてきた。

目を開ければ、どこまでも広がる青い空が見えた。

この空の向こうに、弥助がいる。

翼を広げ、胸を高鳴らせ、千吉は飛びたった。迷うことはなく、違和感を覚えることもなかった。心にあるのは、兄に会いたいという想いだけ。それが千吉を導いてくれた。

そうして、あっという間に、千吉は自分達の小屋にたどりついたのだ。小屋の壁をするりと通り抜け、千吉は中に入った。

兄がいた。布団もしかず、床で眠りこんでいる。その顔はやつれ、顔色が悪く、無精髭《ぶしょうひげ》が生えていた。唇もかさつき、青ざめている。

こんな兄の姿は見たことはなく、千吉は仰天した。急いで飛びつき、呼びかけようとしたが、なんとか堪《こら》えた。

千里眼の術中は、声を発してはいけない。発すれば、たちまち術が解けてしまう。

朔ノ宮から何度も教わったことだ。

もう少し様子を見守ろうと、千吉は泣きたくなるような気持ちを抑えて、兄のことを見つめた。

苦しげな寝息だ。悪夢でも見ているのだろうか。起こしてあげたい。そして、この八日の間に何があったのか、聞きたい。ああ、こんなことなら、家を留守にするのではなかった。

初めて千里眼の術が成功したことすら喜べず、千吉はうなだれた。だが、ふとおかしなものを感じた。

自分以外に、小屋に何かがいる。

慌てて見回し、一匹の蝶が小屋の中に入りこんでいることに気づいた。やたら大きく、目障りに飛び回っている。なぜか知らないが、気に食わなかった。相手はただの蝶なのに、まるで他人に土足で家に上がられたような心地になったのだ。

追い払ってしまおうと、千吉が翼を広げかけた時だ。

それまで天井の近くを飛んでいた蝶が、ふいに弥助のほうへと下降した。同時に、弥助が目を覚ました。その瞳は白く濁《にご》っていた。

息を呑む千吉には気づきもせず、弥助は蝶に手を差し出した。そして……。

手に止まった蝶をぱくりと食べたのだ。

次の瞬間、弥助の姿はかき消えた。まるで目には見えない大蛇《だいじゃ》に食われたかのように。

「弥助にい！」

千吉は絶叫した。その勢いによって自分の体に、西《にし》の天宮《てんぐう》に戻ったのだ。

体に戻ったとたん、頭が割れるような頭痛に襲われたが、それを堪えて朔ノ宮を見た。

「成功したようだな。よくや……ど、どうしたのだ？」

千吉の形相に、朔ノ宮はぎょっとしたように目を瞠《みは》った。

「術の反動か？　それほど苦しいなら、薬湯《やくとう》を……」

「ち、違う！　弥助にいが！　助けて！　消えた！　消えたんです！」

混乱と恐怖と頭痛にのたうちながらも、千吉はなんとか自分が見たものを朔ノ宮に伝えた。

朔ノ宮の決断は早かった。すぐさま立ちあがり、「そなたらの小屋に行ってくる」と言ったのだ。

「俺も！　お、俺も連れてってください！」

「そなたはまだここを動かぬほうが……聞くわけがないか。わかった。連れていく」

朔ノ宮は千吉を抱きあげ、一瞬にして弥助達の小屋の前に降り立った。

「弥助にい！」

「こら、動くな！　そなたが入って走り回っては、残っている匂いがかき乱されてしまう。まずは私が入って調べるから」

千吉をおとなしくさせた上で、朔ノ宮は慎重に小屋の中に入った。誰もいないのは一目《いちもく》瞭然《りょうぜん》だったが、朔ノ宮は大きく息を吸いこんだ。

「弥助の匂いが……途切れている。まるで嚙みきられたように消えている。……どこに連れ去られたのにしろ、それはこの世のどこでもない。ということは……」

朔ノ宮はふいに火鉢の前に立った。そして、弥助が消えた場所に向けて、手を突き出し、そのまま振り下ろした。

不思議なことが起きた。まるで布や紙が切り裂かれるように、小屋の中の風景に長い傷ができあがったのだ。

朔ノ宮は間を置かず、その傷に両手を当て、思いきり押し広げた。

できあがった穴の向こうには、黒々とした沼地が広がっていた。空は暗く、沼の水は紫がかっており、そこに枯れ草に覆われた浮島が点々と散らばっている。

奥には城があった。白く輝く大きなものだ。

異様な場所だと、千吉は直感した。朔ノ宮を見あげたところ、朔ノ宮は忌《い》まわしげにうなずいた。

「誰かが術によって作りだしたものだろう。たいした力だ。だが……やはり弥助の匂いがしない。心を封じられてしまっているのかもしれない」

「でも、弥助にいは絶対にここにいる。そうでしょう？」

なら、捜さなくてはと、千吉は朔ノ宮の手をすりぬけ、沼地へと飛びこんだ。びしゃりと、いやな臭いのする水に足を取られ、たちまち太股のほうまで沈んで動けなくなった。

「馬鹿者！　いきなり飛びこむやつがあるか！」

目をつりあげながら朔ノ宮が手を伸ばしてきた。が、あと少しのところで届かない。しかたないと、朔ノ宮も沼地のほうに入ってきた。だが、水に足をつけたとたん、その表情が一変した。「ぐうっ！」と苦しげなうめきをあげ、そのままうずくまってしまったのだ。

これには千吉も目を瞠った。

「ど、どうしたんですか、師匠?」

「力が抜ける……。ここは……あやかしの存在を許さぬ場所らしい。水だ。水が私の妖《よう》力《りょく》を……鼻も目も利かぬ。い、一度戻るぞ、千吉」

「師匠だけ戻ってください。俺は置いてってください! このまま弥助にいを捜すから」

「それは絶対に許さぬ。ぐっ! は、早く手を! ここは危険すぎる!」

しぶしぶ千吉が応じようとした時だ。ふいに、城のほうが騒がしくなり、わあんという音と共に黒雲のようなものがわきあがってきた。

それは、虫めいた異形の大群だった。蜂に似たもの、百足《むかで》や蝶に似たもの、くわがたや芋虫《いもむし》めいたものもいる。それらの群れの中に、ちらほらと人の姿も見えた。彼らが異形達を操っているのだと、すぐにわかった。

そして、弥助がいた。神官のような白い衣をまとい、巨大なとんぼにまたがってこちらに飛んでくる。その顔はこれまで見たこともないほど荒々しく、目は憎悪に燃えていた。

「や、弥助にい!」

千吉は胸が張り裂けそうだった。操られているのだとわかっていても、最愛の兄から敵意を向けられるのはつらかった。

あっという間に千吉達のもとまでやってきた大群は、千吉にはかまわず、すぐさま朔ノ宮に襲いかかった。朔ノ宮は牙を剝いて、自分に飛びかかってきた最初の芋虫に嚙みつこうとした。だが、はっとしたように動きを止めた。

そのあとは、なすすべもない様子で、ただ異形達の攻撃をかわすばかり。いくら力を奪われているからと言って、攻撃する意志を見せない朔ノ宮に、千吉は焦った。

「師匠！　やっつけないんですか？　こんなやつら、全部なぎ払って、弥助にいを取り戻してください！」

「だめだ！　この式神《しきがみ》達は……あやかしや付喪神《つくもがみ》だ！　私には傷つけられない！」

がぶりと、巨大なくわがたが朔ノ宮の足を捕らえた。動きを完全に封じられる前にと、朔ノ宮は千吉を泥から引き抜き、思いきり放り投げた。投げた先は、弥助達の小屋の中だった。

みるみる閉じていく穴の向こうから、朔ノ宮は千吉に叫んだ。

「戻って皆を呼べ！　腹黒狐《はらぐろぎつね》に、ここのことを伝えるのだ！　私に何が起きたかも！」

そうして、穴は閉じて、沼地の空間は消え失せた。だが、千吉の目には、異形どもが押しつぶさんばかりの勢いで朔ノ宮に群がるところが焼きついていた。

しばらく床の上に尻餅《しりもち》をついていた千吉だったが、我に返るなり息を吸いこんだ。

「月夜公！　月夜公様！」

以前、こうして名を呼んだ時、月夜公は千吉の元に駆けつけてくれた。もう一度、応えてほしい。助けてほしい。

千吉の狂おしい願いは、叶えられた。月夜公はまた千吉の前に現れてくれたのだ。

青ざめた顔で自分に駆けよる千吉を見るなり、月夜公は表情を険《けわ》しくした。

「話は東《ひがし》の地宮《ちぐう》で聞く」

短くそう言うと、月夜公はさっと千吉を抱きあげた。

次の瞬間には、千吉は見知らぬ大きな部屋の中におり、周りを烏天狗《からすてんぐ》達に囲まれていた。

烏天狗達はそろって目を丸くしていた。

「つ、月夜公様？　いかがされました？」

「突然どこかに行かれたかと思えば、なぜ、この子を？」

「吾が動かざるを得ない事態が起きたということじゃ。そうなのであろう、千吉？」

問いかけられ、千吉は夢中でうなずいた。そして自分が見聞きしたもの、覚えているかぎりのことを、月夜公達に話したのだ。

「ふうむ。その沼地の水に触れると、妖力が吸いとられてしまい、目鼻が利かず、あやかしは思いどおりに動けなくなる、というわけか。そして、襲ってきた虫どもはあやかしや付喪神で、人間に操られている……。どう考えても、西の犬めが捜していたあやかし狩りの連中であろう」

「それじゃ、弥助にいは……」

「間違いなく、心を操られておるのであろうよ。そうでなければ、あやつがおぬしに敵意を向けてくるはずはない」

「………」

「心配するな。術を解けば、元の弥助に戻るであろうよ。それにしても、付喪神か……。もしかすると、その一味の中に十郎がいるやもしれぬな。これは我らで一味を一網打尽《いちもうだじん》にしたほうがよかろう」

「し、しかし……朔ノ宮様も囚われてしまったとは。尋常ではない敵ということになりまする。おいそれと踏みこめば、我らも朔ノ宮様の二の舞になるのでは？」

月夜公の右腕の飛黒が、当然の懸念を口に出した。

だが、月夜公はにやりと笑った。

「犬にとっては、今回はあまりにも分が悪かった。西の天宮は、力弱きものを助けるのが役目ゆえな。操られているあやかしが相手では、戦うことはおろか、下手に暴れることもためらわれたであろうよ」

「あ、なるほど、た、確かにそうでございますな」

「そうじゃ。ゆえに、こたびは東の地宮が動かねばならぬ。我らは、悪意あるものを取り締まるのが役目ゆえ、犬の二の舞になることはあるまい。それに……この窮地《きゅうち》で、あの犬を助けることができれば、一生の恩を着せることができるというものじゃ」

「いや、月夜公様。それは今はどうでもよいかと」

「ふん。吾にとっては大事なことよ。そのほうが意気も上がる。……西の天宮にまいる。一同、ついてまいれ！」

「は、はい！」

千吉を小脇に抱えた月夜公を先頭に、東の地宮の烏天狗達は西の天宮に向かった。

押しかけてきた一同に、当然ながら犬神《いぬがみ》達は驚いた。だが、事情を聞かされたとたん、犬神達はいっせいに表情を消し、目だけをぎらぎらと燃やしだした。

年長者の蒼師が唸るように言った。

「姫様が……敵の元に取り残されてしまった、と。そして、月夜公様と烏天狗の皆様が、これより敵地に乗りこみ、姫様を助け出してくださる。そういうことでございますかな？」

「そうじゃ。おぬしらにも手を借りたいが、今、我らに一番必要なのはあせびだ。あせび、おるか？」

「はっ！」

飛びだしてきたあせびに、月夜公は手早く自分達に必要な物を告げた。

これからどう動くつもりなのかも話した上で、月夜公はあせびを見つめた。

「どのくらいで用意できる？」

「み、三日もあれば」

「では、二日でやれ」

「ふ、二日……それはさすがに……」

「やってのけよ、あせび。……十郎がからんでおるかもしれぬのじゃ」

ばりっと、あせびの目に火花が散った。

あせびは深く頭を下げ、低い声で言った。

「必ずご命令通りにしてみせます。桐風、宵雲、手伝っておくれ！」

「わ、わかった」

「……毒を食らわば皿まで。とことん付き合うぞ」

「いいね。やっと頼もしくなってきたじゃないか」

桐風達を従え、あせびは慌ただしく去っていった。

月夜公は蒼師に目を向けた。

「我らはこのままここに待機させてもらいたい。二日の間、厄介になるが、よいかえ?」

「もちろんでございまする。……月夜公様、姫様は……」

「この吾と互角に戦えるほどの女だ。二日くらいは耐えるであろうよ。……信用してやれ」

「わかっておりまする。ですが、待つことしかできないのはどうにも……心苦しいものでございまする」

「皆、同じ気持ちよ。大事なものを連れ去られて、心乱れぬものなどおらぬわ」

そう言って、月夜公は今度は千吉のほうを見た。

「千吉、こたびは……」

「俺、絶対に一緒に行きます! お、置いていかないで!」

「早とちりするでない。一緒に来てもらうぞと、言おうとしたのじゃ」

「え? い、一緒に連れてってくれるんですか?」

「うむ。弥助を正気に戻すには、やはりおぬしがいたほうがよさそうだからのぅ」

「ありがとうございます、月夜公様!」

「これ、ひっつくな! 暑苦しい!」

月夜公は赤らめた顔を隠すようにしながら、千吉を押しのけた。

それから烏天狗達に告げた。

「皆のもの、二日後にあやかし狩りの根城に向かう！　かなりの戦いになるであろう。ゆえに、備えよ！　しっかり飲み食いし、体に力を蓄えるのじゃ！　そして二日後、東の地宮の強さを存分に発揮せよ！」

おおおおっと、烏天狗達、そして犬神達もが激しい雄叫びで応えた。

西の天宮を揺るがすような雄叫びの中、千吉はひたすら弥助の無事を祈っていた。

「迎えに行く。絶対に助けるよ、弥助にい。……あと、師匠も。だから、二人とも、無事でいて」

何度も何度もそうつぶやいた。

＊

同じ頃、朔ノ宮は大きな柱の中に練りこまれていた。ただの柱ではない。異形どもが無数に重なりあい、朔ノ宮の体に食いつき、あるいは手足に巻きつき、身動き一つ取れないほどしっかりと封じこんでいるのだ。

足はねじれ、肩の骨も折れていた。割れた額からしたたる血が、目の中に入ってきてわずらわしい。

だが、どれほど痛みがあっても、朔ノ宮は誇りにかけて悲鳴をあげなかった。

朔ノ宮を取りこんだ柱は、そのままじわじわと沼地を這っていき、奥にあった城へと入った。

城といっても、中は空っぽだった。部屋も廊下もなく、ただ二階に続く階段があるだけだ。

と、ざわざわと、白いものが波のようにその階段を降りてきた。

細い糸の束だ。

それは生き物のようにうごめきながら、異形の柱に巻きつき、ぐいっと持ちあげた。

そうして、朔ノ宮は二階に運ばれたのだ。

そこもまたがらんどうだった。だが、巨大な満月のようなものが一つ、奥で光を発していた。

そこから発せられる気配と匂いを感じとり、朔ノ宮はすぐさま正体を見抜いた。

「繭玉《まゆだま》か。それに、盗まれた結晶……貴様があやかし狩りの一味の親玉か」

繭玉に呼びかければ、すぐさま返事があった。二重に聞こえる少女の声が、繭玉の中から不満げに応えてきたのだ。

「親玉だなんて、いやな呼び方だわ。姫とか神様と呼びなさい」

朔ノ宮は大きな声で笑った。

「あやかしの力を取りこみ、あやかしを式神としてこき使うものが、姫だの神だの名乗るとは、おこがましいかぎりだ」

「…………」

「なんだ？　怒ったのか？　それとも、図星だから言い返せないか？　ああ、ごまかしは利かぬよ。おまえ、十郎から力の結晶を受けとったな？　だが、そのままでは扱いきれなかったから、そうして繭玉の中に閉じこもり、じわじわと力を取りこんでいるのだろう？」

「……本当に無礼な化け物ね。私を怒らせて、自分を殺させたいのかしら？　でも、あいにくね。殺しはしないわ」

「ほう。それはお優しいことで」

皮肉げに言う朔ノ宮に、繭玉の主はふいに甘ったるく言った。

「おまえ、朔ノ宮というのね。とても強い化け物だって、弥助から聞かされていたけど、まさかこれほどとは思わなかった。……おまえはみんなには与えられない。式神にはできない。だから、私が自分で操るわ。私のかわいい犬人形にしてあげるから」

「やってみるがいい、小娘ども。やれるものならな」

「……私のものになったら、一番にその口を封じてあげる。二度と声が出ないようにしなくちゃいけないわね」

ざわざわと、繭玉の中から白い蝶があふれでてきた。

蝶達が自分に向かってくるのを見つめながら、朔ノ宮は奥歯を嚙みしめた。

助けは来る。必ず来る。

朔ノ宮は微塵《みじん》も疑ってはいなかった。

だが、それが間に合うかどうかは、わからないのだ。

「……急げよ、腹黒狐」

天敵の憎たらしい顔を思い浮かべる朔ノ宮の喉元に、最初の蝶が飛びこんできた。

十

　二日後の早朝、烏天狗《からすてんぐ》と犬神《いぬがみ》による討伐隊は西《にし》の天宮《てんぐう》を発った。率いる月夜公を始め、全員が武装していた。大きな武器を抱えている烏天狗達も多く、物々しい姿だ。軽口を叩くものもおらず、その顔は厳しく引き締まっている。

　だが、そこにあせびの姿はなかった。この二日間、不眠不休で皆の戦支度を整えたため、自力では立ちあがれないほど消耗してしまったのだ。

　出立前、よくやったとねぎらう月夜公に、あせびは小さく頼みこんだ。

「もし十郎がいたら、必ず捕まえてきてください。そして、どうか一度、あたしと話をさせてください」

「……承知した」

　月夜公の約束に、あせびは安堵したように目を閉じ、そのままごうごうといびきをかきだした。

月夜公はあせびを犬神の鼓丸に託した。

「よく面倒を見てやってほしい。吾のために、相当な無茶をしておるはずじゃ」

「かしこまりました。……月夜公様も、どうか、朔ノ宮様のことをお願いいたします」

「わかっておる。あやつには一生の貸しを作ってやるつもりゆえ、安心せい」

「……はい。ご武運をお祈りしております」

鼓丸は目に涙をためながら、今度は月夜公の傍らに立つ千吉を見た。

「どうしても行くんですね？　千吉は私以上に弱いのに。今ならまだ間に合います。天音達のように家に帰って、皆様のお戻りを待つべきです。……また同じことの繰りかえしになって、皆様に迷惑をかけるかもしれないんですよ？」

鼓丸の言葉には棘《とげ》があった。だが、それも当然だと、千吉は真正面から受けとめた。

「……師匠のことは、本当にすまないと思ってる。でも、どうしても……俺にしかできないことがあるんじゃないかって、感じるんだ。だから行く。迷惑をかけないように気をつける」

「……許してくれとは言わないんですね」

「言っても、許されないとわかっているから。これが逆で、ぽんのせいで弥助にいが危ない目にあってしまったら、俺、どういうことをするか、自分でもわからない」

千吉の言葉に、鼓丸は小さく息をついた。他者の気持ちを理解するのが苦手な千吉にしては、これはかなりの心遣いだ。だから……。

鼓丸はぱしっと千吉の手を軽くはたいた。

「何するんだ」

「いつも言っているでしょ？　ぽんじゃなくて、鼓丸殿と呼びなさい。兄弟子なんですから。……私はここで待っているので、無事に帰ってくるのですよ」

「……ぽん」

「鼓丸、です！」

「……うん。鼓丸、俺達、無事に帰ってきてみせるよ」

「約束ですよ？　破ったら、鼻の中にわさびを詰めこみますからね」

「それはまっぴらだ。……行ってくる」

「行ってらっしゃい」

そう言って、健気に笑ってみせた鼓丸。その顔を思いだし、千吉は胸に手をやった。なんだかほわりとしたものを感じたのだ。

だが、自分達の小屋の前にたどりついたとたん、それはかき消えた。

あやかし達が一気に過激な気配を立ちのぼらせ始めたのだ。戦いに備えて、妖力《ようりょく》を高めているらしい。

あせびが改良を重ねた丸薬も、みんなに配られた。体力と治癒力を高める滋養強壮の霊薬であり、目鼻の利きをよくする効果も入っているという。

「みな、行き渡ったかえ？　よし。では、今飲んでおけ。術で生みだされた空間の中では、我らは本来よりずっと弱くなるはずゆえ。……だが、忘れるな。どれほど不利な状況であっても、勝つのは我々じゃ」

月夜公はそう言って、自ら丸薬を飲みこんだ。

効果は絶大だった。それは薬を飲まなかった千吉にも、はっきりとわかった。烏天狗も犬神も、そろってそれまでとは違う気配を放ちだしたのだ。むきっと、筋肉がもりあがり、暴れだしたくてたまらないとばかりに目が輝きだす。月夜公は変わらずに美しかったが、その三本の太い尾はなにやらいつもより大きくなったようだった。

「なんともこれは……確かに強烈じゃ。敵地でもこの効果が続いてほしいものよ」

つぶやいたあと、月夜公はかっと目を見開き、荒々しく叫んだ。

「これより、入り口を作る！　中に入ったら、すぐに空中に舞いあがれ。沼地に足をつけるな。犬神達もだ。あせびの作った翼で飛べ。敵はすぐに襲ってくるだろうが、異形は決して殺すな！　我らの同胞じゃ。多少傷つけてもかまわぬが、殺すことだけはせぬように。

狙うなら術者じゃ。弥助以外は煮るなり焼くなり、好きなようにせよ！」

「はっ！」

「では行くぞ！」

月夜公は千吉の手をつかみ、小屋の中に踏みこんだ。そうして、朔ノ宮がやったのと同じように、何もない場所を切り裂き、あの沼地への入り口を作ったのである。

それっとばかりに、一同はそこから沼地へとなだれこんだ。月夜公が命じたとおり、沼地には足をつけなかった。飛行は苦手な犬神達も、あせびが作った翼のおかげで、危なげなく空中に舞いあがることができた。

だが、一同の顔つきは引きつっていた。

「これは……なんという場所だ」

「空気が……重い……」

「鼻が鈍る……」

「目がかすむ。霊薬を飲んでいて、こ、これとは……」

「姫様が囚われてしまうわけじゃ」

と、奥の城からうわあっと黒雲が立ちのぼった。

月夜公の尾の一本にしがみつきながら、千吉は叫んだ。

「来たよ！　あいつらだ！」

「さっそくお出ましか。よし！　陣を取れ！」

月夜公の号令に、烏天狗達はいつもよりも鈍い動きながらも、すぐに三重の陣形を取った。

「少しでも傷を受けたり、疲れたりしたら、すぐに後ろと交代せよ！　無理はするな！　飛黒、ここはまかせるから、指揮を取れ。犬神達は吾と共にあの城へ！」

「はっ！」

「千吉。これよりあの群れを抜ける。しっかりしがみついておけ。じゃが、あれらの中に弥助を見かけたら、吾に知らせよ。異形から叩き落として、捕虜にしてくれる」

「弥助にいに怪我はさせないで」

「骨が折れるくらいは勘弁せい。犬神達よ。低く飛ぶぞ。ついてまいれ。飛黒、頼んだ！」

「かしこまりました！」

飛黒は息を吸いこみ、大きな雄叫びをあげた。他の烏天狗達もだ。

雄叫びにこめられた侮蔑《ぶべつ》と挑発は、異形を操る人間達にもはっきり伝わったのだろう。敵方からの怒りが高まり、空気が熱くなってきた。

だが、それこそが月夜公の狙いだった。

飛黒達に敵の目を引きつけてもらい、月夜公は千吉と四連《よんれん》だけを引き連れ、沼地にはびこる枯れ草に紛れるように、低く飛び始めた。化けやもりの皮で作った合羽《かっぱ》を着こんでいるので、その姿はけぶるように揺らぎ、周囲の色と同化して、見えにくかった。そのうえ、異形も術者も目の前の敵に気をとられており、下の動きに気づく様子はなかった。

だが、敵の真下をくぐりぬけかけた時、ぎゅっと、千吉は月夜公の尾の毛を強く引っぱった。

「いた！　弥助にいがいたよ、月夜公様！」

「毛をむしるな、馬鹿者！　どこじゃ？」

「あそこ！　あの大とんぼの上にまたがってる！」

千吉が指差したほうに目をこらし、月夜公はようやく弥助の姿を見つけた。

「よく見つけたものじゃ。さすがは千吉じゃな」

「褒《ほ》めてくれなくていいから、早く弥助にいを取り戻してください！」

「まあ、待て。じきに飛黒達が攻撃を……」

月夜公が言い終える前に、どーんどーんと、大きな音が立て続けに起こった。

烏天狗達が妖火筒《ようびづつ》を撃ちだしたのだ。打ち出される弾は、青い炎でできた投網《とあみ》のように空中で広がり、ばさりばさりと、異形達の群れにかかっていく。

異形達は特に痛みを感じた様子はなかったが、術者達は炎に触れると悲鳴をあげた。この火は人だけを焼き焦がすものなのだ。痛みに耐えかね、あるいは火を打ち消そうとして暴れて、術者達は異形達の背から転がり落ちていった。

弥助にも火が当たってしまうのではと、千吉はやきもきした。

もう一度、月夜公を急かそうとした時だ。ふいに、月夜公が何かを弥助に向けて投げつけた。それは見事に弥助に当たった。

ぐらりとかたむき、頭から地面に落ちていく弥助に、千吉は悲鳴をあげかけた。だが、落下は途中でゆるやかになり、妙にふんわりと、弥助は沼の中に横たえられたのだ。そして、落ちた弥助を気にする者は誰もいないようだった。烏天狗達の攻撃をかわすのに、精一杯なのだろう。

そこまで確かめたあと、ようやく月夜公はうなずいた。

「よいぞ。行ってまいれ、千吉。まだ弥助は心を操られたままであろう。この縄で弥助を縛っておけ。そして、我らが戻ってくるまでは、どこかに隠れているがいい」

「は、はい！」

銀色の縄を受けとり、千吉は月夜公の尾から降りて、兄のほうへと走っていった。もはや上を気にしている場合ではない。泥に足をとられ、何度も転んだが、そのたびに立ちあがった。水が深いところは、ほとんど泳ぐようにして前に進んだ。

そうして、頭からずぶ濡れの泥まみれとなりながら、なんとか弥助のもとにたどりついたのだ。

弥助は気を失っており、その肩や足を、五匹の白狐《しろぎつね》が押さえこんでいた。月夜公が術で作りだしたものなのだろう。だが、その姿はどんどん小さくなってきている。月夜公の妖力が沼の水に吸いとられているということだ。

彼らが消え失せてしまう前に、弥助を縛りあげなければ。

ひどく心苦しいものを覚えながら、千吉はもらった縄を弥助の体にかけた。横たわっている、しかも自分より体の大きな相手を縛るというのは、なかなか骨が折れることだった。

おまけに、上からは怒号と悲鳴が聞こえ、ときおり、人間や異形が落ちてくる。

すぐ近くに男が落ちてきた時は、肝《きも》が冷えた。直撃していたら、死んでいたかもしれない。

早く縛らなければ。縛ったあとは、兄をこの危険な場所から連れださなければ。

焦《あせ》れば焦るほど、手がもたついた。

だが、ぐるぐると縄を巻きつけたおかげで、めちゃくちゃながらも、なんとか縛りあげることができた。

千吉はほっとした。この少し前に白狐達が消えてしまったので、なおさらだ。

「ま、間に合ってよかった。……よし。弥助にいを運ばなきゃ」

千吉は弥助の足をつかんで、引っぱろうとした。

この時だ。

かっと、弥助が目を見開いた。

どきっとする千吉を、弥助はじっと見つめてきた。と、ふいに柔らかな笑みを浮かべたのだ。

「千吉……」

優しい声に、千吉は思わず兄に飛びついた。

「弥助にい……正気に戻ったのかい?」

「ああ。俺はもう大丈夫だよ。だから、縄をほどいてくれ。痛いんだ」

痛いと言われ、千吉は慌てて縄をほどきにかかった。縛るのにはあれほど苦労したのに、ほどくのはあっという間だった。

そして、縄がゆるんだとたん、弥助は鬼の形相となり、千吉の喉をつかんできたのだ。

「や、弥助にい! ぐえっ!」

「良い子だなあ、千吉。ほんと良い子だなあ。だから、死んでくれ。世の中のために、おまえは死んでくれ！」

自分の甘さを、千吉は呪った。あっさりだまされるとは。だが、ここで殺されるわけにはいかない。そんなことになったら、正気に戻った時、兄の心はきっと粉々に壊れてしまう。

そんな苦しみを味わわせるわけにはいかないと、千吉は必死で抗《あらが》い、弥助の手から逃れようとした。だが、力では敵わず、今度はうつぶせにされ、沼の水の中に頭を押しこまれた。

冷たくて重たい泥水が、鼻と口から入ってきた。むせれば、さらに水を飲んでしまい、たちまち頭が朦朧《もうろう》となってくる。

いやだ！　いやだ！　いやだ！　兄のためなら命だって捨てられるが、こんなふうに殺されるのはだめだ！

死に物狂いで、もう一度暴れようとした時だ。

ふいに、頭と首を押さえていた兄の手が離れた。

それと同時に、千吉はぐいっと沼から引っ張りあげられたのだ。

烏天狗か、あるいは月夜公が自分達に気づいて、助けてくれたのか。

げほげほと、飲んでしまった水を吐き出しながら、千吉は後ろを振り返った。かすんでいる目をこらせば、兄が見えた。目を閉じ、気を失っているようだ。その兄を、誰かがてきぱきと縛りあげているではないか。

その正体がわかるなり、千吉は目を丸くした。

「じゅ、十郎さ、ん……」

仲人屋《なこうどや》の十郎だった。

弥助を縛りあげたあと、十郎は千吉のほうを振り返り、少し悲しげな笑みを浮かべた。

「大丈夫でしたか、千吉さん?」

「……うん。十郎さんは、どうして助けてくれたの?」

「当たり前のことをしたまでですよ。弥助さんが千吉さんを殺すなんてことは、絶対にあってはならないことですからねえ。ともかく、ここは危険です。あっちに行きましょう。立てますか?」

「うん」

喉と胸が痛かったが、千吉は無理やり立ちあがった。

十郎はほっとしたような顔をしながら、弥助を背負った。

「こっちです」

そう言って、十郎は千吉達を少し離れた浮島へと連れていってくれた。気を失ったままの弥助を枯れ草の中に寝かせながら、十郎は千吉に言った。

「しばらくここに隠れているといいですよ。大丈夫。戦いはじきに終わるでしょうから」

「……勝つのはどっちだと思う?」

「そりゃ烏天狗達ですよ。彼らが使っているあの火筒や鎖鎌《くさりがま》は、あせびさんが作ったものなんでしょう? だったら、万に一つも、姫神《ひめがみ》軍に勝ち目はありませんよ」

あっさり言う十郎を、千吉はまじまじと見返した。静かで、穏やかで、何一つ変わっていないようでありながら、別人になってしまったようにも見える十郎が、どうにも不思議な存在に思えた。

「……どうして裏切ったの、十郎さん?」

思わず出た言葉だった。

それに対して、十郎は薄く微笑《ほほえ》むだけで、何も答えようとしなかった。

「十郎さん……」

「おっと。ごめんなさいよ。あたしはもう行かないと。月夜公様達が城に着いてしまう。……大事なものをたくさん壊して、やっとここまで漕ぎ着けられたんです。あの方々に台無しにされたくないんですよ」

そう言うなり、十郎は浮島から飛びだし、燕《つばめ》のようなすばやさで城に向かって走っていってしまった。

千吉は追わなかった。自分の足では追いつけないとわかっていたし、兄のそばを離れたくなかったのだ。

兄にぴたりと寄り添いながら、千吉は空を見た。

異形の群れのあちこちで、青い炎が燃えている。数も、最初の半分以下に減っているようだ。それに対して、烏天狗達の陣はまったく崩れていない。

十郎の言ったとおりだと、千吉は悟った。

もうじき異形の群れは蹴散らされることだろう。弥助もこうして取り戻したことだし、あとは月夜公達があの城を落とせば終わる。

「早く……早く落ちろ」

千吉は月夜公達の勝利を祈りながら、今度は城を見つめ始めた。

さて、千吉を下ろしたあと、月夜公と犬神達は低く飛び続けた。

城にはすぐにたどりついたが、驚いたことに、城の周りには見張りや番人はいなかった。

そもそも、扉には本来あるべき閂《かんぬき》すら取りつけられていなかったのだ。

城というものをまるで理解していない者が、見た目だけを似せてこしらえたおもちゃのようだと、月夜公は思った。

その思いは、扉を押し開いて中に入ると、ますます強まった。

「がらんどう、ですな……」

「何もないなんて、おかしな城だわ」

「変だねぇ。すごく変だねぇ。人の匂いもかすかに一人分しかしないよぉ」

落ちつかぬ様子で、それでもくんくんと匂いを嗅ぐ犬神達。

月夜公は押し殺した声で蒼師に尋ねた。

「朔ノ宮の匂いはするかえ?」

「いいえ。先ほどから嗅ぎとろうとしているのでございますが、まったく……」

「それはまずいな」

もし朔ノ宮が死んでいるのであれば、犬神達の鼻はその死の匂いを嗅ぎつけているはずだ。だが、匂いはまったくないという。

それはつまり……。

月夜公は歯を嚙みしめながら、二階を振り仰いだ。何かの気配がした。こちらに気づいて、待ち受けているらしい。

ならば、出向いてやらねばなるまい。

「行くぞ！」

邪魔になる合羽を脱ぎ捨て、愛刀を手に、月夜公は二階へと駆けあがった。

そこには朔ノ宮がいた。

「犬！」

無事だったかと言いそうになるのを、月夜公はなんとか堪《こら》えた。後ろから続いてきた犬神達も、朔ノ宮の姿を見るなり息を呑んだ。

朔ノ宮の目は白濁しており、月夜公達に対してわずかな反応すら見せなかったのだ。

抜け殻。

その言葉が一同の頭に浮かんだ。

と、奥にある大きな白い玉の中から、くすくすと、かわいらしい笑い声が漏れてきた。

「まあ、極上の獲物が五匹も舞い込んでくるなんて……。嬉しいわ。新しいお人形を試してみたいなって、ちょうど思っていたところだったの」

二人の子供が同時にしゃべっているかのように響く声であり、あどけない言葉遣いであった。だが、そこにこめられているのは、冷酷な敵意だ。こちらを虫けらのように思っていることが、ひしひしと伝わってくる。

月夜公達は自然と身構えた。

何も問わずともわかる。この声の主こそが自分達の敵であり、倒さなければならない相手なのだと。

確信し、月夜公はじりっと少し前に出た。一太刀で終わらせるため、間合いを見極《みきわ》めたその瞬間のことだ。

それまで動かなかった朔ノ宮が弾けるように床を蹴り、月夜公に迫ってきた。その手にはいつの間にか抜き身の刀が握られていた。

月夜公は間一髪のところで、振り下ろされた一撃を避けた。

だが、朔ノ宮は止まらない。次は体をくるりと反転させ、横にいた朱禅に刀を振るったのだ。耳を少し切られ、朱禅は悲鳴をあげながら飛びすさった。

「ひ、姫様！」

「しっかりなさってください！」

たまりかねたように黒蘭と白王が叫んだが、朔ノ宮はその二人にも飛びかかっていった。とにかく、めちゃくちゃな動きであった。誰彼かまわず斬りかかり、武芸も何もあったものではない。

だが、大妖《たいよう》ならではの強さゆえに、その太刀筋はさながら旋風だ。巻き起こる刃風は、肉をやすやすと切り裂く鋭さを孕んでいる。

相手が相手だけに、犬神達は攻撃することをためらっていた。いや、そもそも、こちらから打ちこむ隙が見当たらないのだ。

そうこうするうちに、蒼師の脳天に朔ノ宮の刃が迫った。

「うぬっ！」

ぎーんと、すさまじい音がした。月夜公がとっさに腕を伸ばし、自分の刀で朔ノ宮の攻撃を止めたのだ。その隙に、白王が飛びこんで蒼師を抱きかかえて逃げた。

「こ、この！　しっかりせんか、犬！　その様《ざま》はなんだ！」

月夜公は怒鳴りつけたが、朔ノ宮の顔は、あいかわらず凍りついたように無表情だ。殺意すら見せず、ただただ力任せに刀を押しつけてくる。

月夜公は怒りがこみあげてきた。

自分が知っているこの犬神は、いつもこちらを悪し様に嘲《あざけ》ってくる。言い返せば、血相を変え、牙を剝き出してくる。じつに癪《しゃく》に障る、いやなあやかしだ。

だが、今の朔ノ宮はどうだ。心を縛られ、木偶《でく》人形のように操られて。

これほど朔ノ宮という存在を辱めることが、他にあるだろうか。

「……許せん」

わきあがる怒りはそのまま力となり、一つの覚悟になった。

いきなり月夜公は刀を捨てた。そのまますぐに朔ノ宮の両手首をつかみ、刀を振るえなくさせた。

自由になろうと、朔ノ宮は激しく暴れ、月夜公に嚙みつこうと、がちがちと牙を嚙みあわせてきた。

それをかわし、月夜公は右腕だけをつかんだまま、朔ノ宮の背後に回って、がっちりと喉元に腕を回した。朔ノ宮の左手の爪にかきむしられ、腕から血がほとばしったが、痛みなどほとんど感じなかった。

「これだけはやりたくなかったが、いたしかたない！……きえええええええっ！」

悲痛な気合い声をあげながら、月夜公はぐいっと朔ノ宮の頭を上へと反り返らせた。そうして、その口に自分の口をしっかりとつけ、自身の妖力をありったけ朔ノ宮の中へと吹きこんだのだ。

犬神達は凍りついたように固まり、信じられないと目を瞠《みは》った。

ほんの少しの間、朔ノ宮も動かなくなった。

だが……。

「この腹黒狐があああああっ！」

怒号をあげて、朔ノ宮が月夜公を前に投げ飛ばした。

したたかに床に叩きつけられながらも、月夜公はにやりとした。らんらんと燃えあがる朔ノ宮の目は、もはや少しも濁《にご》ってはいなかったのだ。

やはりこの犬神はこうでなくては。

だが、月夜公の心の中のつぶやきは、朔ノ宮に届くわけもない。朔ノ宮はとにかく怒り狂っていた。

「いくら正気に戻すためとは言え、貴様、よくもこんなまねを！」

「ほざけ！　吾とて、これだけはしとうなかったわ！　じゃが、貴様がいつまでも無様に操られておるから、断腸の思いでなしとげたまで。吾にここまでさせておいて、正気に戻らなかったら、末代までも祟《たた》ってやるところじゃ」

「ぐぬぬっ！　……礼は言わぬぞ！」

「わかっておるわ。それより、ここからあとは貴様にやってもらうぞ」

「ふん。それこそ、言われずともわかっている！」

苛立たしげに言うなり、朔ノ宮は自分の首筋から何かをもぎとった。それは本当に細い銀色の糸だった。

もぎとった糸を、朔ノ宮は力いっぱい引っぱった。

「きゃあああっ！」

甲高い悲鳴があがり、ばりっと、奥にあった繭玉《まゆだま》が破れた。

そうして、繭から引きずり出されたのは、七歳くらいの少女であった。白い着物に赤い袴《はかま》をはいた姿は、まるで巫女《みこ》のようだ。

その顔は、右と左でまったく目鼻の形が違った。右側は人形のように白く整っていて愛らしいが、左側はどこにでもいるような素朴な顔立ちだ。

そして、背中にはしなびた銀灰色の羽が生えていた。羽化にしくじった蝶のような、ねじれた醜《みにく》い羽だった。

血の気が失せた顔をしながら、こちらを見あげる少女を、朔ノ宮は怒りのこもった目で見おろした。

「私を支配しようと、力をずいぶん使っただろう？　人形繰りにもな。もはや、ほとんど残っておるまい？」

「くっ……」

「貴様の子飼いの手下も式神《しきがみ》も、ここには来られない。……終わりだ、小娘ども」

朔ノ宮はそう言って、少女に向けて手を伸ばそうとした。

この時、どこからともなく柔らかな声が聞こえてきた。

「影虎《かげとら》。しばらくの間、方々の影を縫い止めておいてくれ」

「承知した」

次の瞬間、朔ノ宮の動きが止まった。いや、止められたのだ。朔ノ宮だけではない。その場にいる全員が、石になったように動けなくなった。

と、階段を一人の男が上がってきた。

仲人屋の十郎だった。

「失礼いたしますよ」

十郎は月夜公達の間を悠々とすりぬけていき、へたりこんでいる少女の前にかがみこんだ。少女は怯えた声で叫んだ。

「だ、誰？」

「……やっぱり、あたしのことを忘れちゃったんですね。ねえ、この顔を覚えていませんか？　おりくちゃん。綺蝶《きちょう》」

二つの名を、十郎は一人の少女に投げかけた。

こわばっていた少女の顔がみるみる和らぎ、ぱっと目に喜びがはじけた。

「あなた……十郎！　十郎って、あの十郎だったね！　うわあ、嘘みたい！　また会えるなんて！　ずっと会いたかったの！」

「ええ、ええ、あたしもですよ。ずっとずっと、あなた達にまた会いたかった。でも、なかなか会えなくて」

「ああ、十郎！」

少女はぎゅっと十郎に抱きついた。十郎も両腕で少女を抱きしめ返した。

「もう大丈夫ですよ。二人とも、もう苦しまなくていいんです」

「十郎？」

「あなた達のことを助けたいとずっと思っていたんです。やっと願いが叶った……。もう大丈夫ですからね」

優しく声をかけながら、ふいに十郎は目にも留まらぬ速さで、右手をずぶりと少女の背中に突きこんだ。「ひっ！」と、小さく悲鳴をあげる少女をさらに左腕で抱きしめながら、十郎はゆっくりと右手を引き抜き、少女の体の中から何かを取りだした。

その手に握られていたのは、小刀だった。

名のある職人が魂《たましい》をこめて作りあげた一品なのだろう。小さくとも刃は青々と光り、柄に施《ほどこ》された蝶の螺鈿《らでん》も見事なものだ。

十郎が小刀を抜き取ったとたん、少女の体は砂のようにさらさらと崩れだした。

小刀のほうも、みるみる錆びていった。

ぼろぼろに朽ちてしまった小刀をそっと床に置き、十郎は骨だけとなった少女の骸《むくろ》を大事そうに抱えなおした。すると、骸の中から虹色に輝く結晶が転がり出てきた。

十郎が盗んだ例の結晶だ。

それを布で包んで月夜公のほうに差し出したあと、十郎はきちんと正座して、深々と頭を下げた。

「皆様には本当にご迷惑をおかけいたしました。……これより全てをお話しいたします」

そうして十郎は静かに語りだした。

十一

ことの発端は、かれこれ百三十年ほど前になりましょうか。

あたしはあやかしとしての生を得たばかりで、まだ目的もなく、ただふらふらと人界《じんかい》を旅して回っておりました。

そして、初めて付喪神《つくもがみ》というものに出会ったのでございます。

それがこの小刀、綺蝶でございました。

綺蝶は、とある高貴な姫君のためにこしらえられた守り刀であったそうでございます。

いかなる災いからも姫君を守り、健やかに成長させたまえ。

刀鍛冶《かたなかじ》の強い想いが、綺蝶の魂《たましい》を作りました。

でも、その姫は綺蝶の力が及ばぬ病で、あっさりと亡くなってしまったそうでございます。姫の亡骸《なきがら》と共に、綺蝶は土に埋められるはずでございましたが、綺蝶はそれをよしとせず、棺桶より逃げだしたとのこと。

なにより大事な姫を、主を守れなかった。自分には姫のそばにいる資格がない。ああ、でもそばを離れる勇気も出ない。

後悔と絶望に取りこまれ、自分を恥じながら、綺蝶は姫の墓を守り続けました。そして、たまたま墓のそばを通りかかったあたしと出会ったのでございます。

あたしは初めて目にする付喪神に驚き、思わず声をかけました。あまりに悲しげでつらそうでございましたから。そして、泣きじゃくりながら事情を話す綺蝶のことが、気の毒になってしまったのでございます。

放っておけないと、強く思いました。あたしが人からあやかしに変わって幸せになれたように、この付喪神にももう一度幸せになってもらいたい。そうなれるように手を尽くそう。そう決めたのでございます。

あたしに勝手に決められて、綺蝶は最初は迷惑だったことでございましょう。ですが、やはり……寂《さび》しかったのでございましょうね。何日も根気よく説得したところ、ついにあたしの申し出を呑んでくれました。あたしと共に旅をし、新しい主を見つけようということになったのでございます。

そして、綺蝶と出会ったことで、仲人屋《なこうどや》としてのあたしの生き方も定まりました。

人の手から生みだされた物が、こうして魂を持ったものとなる。それでいて、やはり人のそばにいてこそ輝ける。

付喪神のありように、あたしはすっかり魅了されてしまったのでございますよ。なんと美しく、愛しいもの達なのだろうと。

その後はあちこちを巡り、いくつもの付喪神を拾っては、それぞれにふさわしい主を見つけてやりました。

でも、綺蝶の主だけは、なかなか見つかりませんでした。

そうして、二十年ほどが経ったある日のこと、あたしは深い山の奥地にある村に立ち寄りました。そこは姫神《ひめがみ》信仰が強く根づいた土地でございました。昔から代々、霊力のある娘を生き神として祭りあげ、村を災いから守らせる風習があったのでございますよ。

村人達は姫神を大切にし、崇《あが》めておりましたが、姫神にされた娘のほうはたまったものではなかったことでしょう。

……あたしがその村を訪れた時、姫神はまだ七つの娘でした。あたしの目には、かわいそうな子供にしか見えませんでした。甘えたい盛りに家族から引き離され、他の子達と遊ぶことも許されず、寂しさで心がいっぱいで。それに霊力があると言っても、人よりも少し目がよく、小さな山の精達が見えるという程度でございました。

この孤独で素朴な子こそ、綺蝶にふさわしい。

そう思ったあたしは、一度村を離れたと見せかけ、村人には気づかれぬよう、こっそりと舞い戻り、姫神様と呼ばれている子、りくのもとを訪ねました。

人形遊びが好きなのか、その時のりくは捧げ物の花や小枝でこしらえた人形で、静かに遊んでおりました。その目に満ちた痛々しさは、今でもよく覚えております。

あたしを見て、そして綺蝶を見て、りくはとても驚いておりました。でも、すぐに目を輝かせ、綺蝶と共にいたいと言ったのでございます。それは綺蝶も同じでございました。

今度こそ、この主を守ってみせる。

これまで見せたこともないほどりんとした顔で、綺蝶は主を選んだのでございます。その時の綺蝶は、そして選ばれたりくは、なんと幸せそうであったことか。

綺蝶をりくに渡し、あたしはまた訪ねるよと約束して、その土地を離れました。本当に晴れ晴れとした、でも少し寂しいような心地でございました。

……それから二年後、あたしは約束通り、二人を訪ねることにいたしました。ですが、それは叶いませんでした。

村がなくなっていたのでございます。

山津波でもあったかのように、村があった場所は土砂に覆われ、あらたに草木が生い茂りつつありました。

あたしは急いでその土地のあやかし達に尋ねて回り、村に何が起きたのか、綺蝶とりくは無事なのかを知ろうといたしました。そして、なんとも悲しく恐ろしい出来事が起きたことを知ったのでございます。

あたしが立ち去って一年後の秋までは、綺蝶達は幸せに暮らしていたそうでございます。りくは綺蝶のことを誰にも話さず、秘密の友達として大切にし、綺蝶は綺蝶でりくの孤独を癒やし、その心を守っていたという。

ですが、その年の秋、流行病《はやりやまい》が村を襲い、多くの村人が亡くなったそうでございます。おまけに、水害も多く、田畑の実りは絶望的になってしまった。

そして、村人達は度重なる災いの原因を、姫神であるりくに押しつけることにしたのでございます。

姫神が力不足だから、こんな悪いことが続くのだ。いや、あれは姫神ではない。偽神だ。偽りの神を祀《まつ》っていたから、村に災いがあふれたに違いない。

そう叫び、村人達はりくを姫神の座から引きずり下ろすことを決めたそうでございます。

……誰かのせいにすることで、誰かを責めることで、つらい気持ちを落ちつける。あたしが人間の一番嫌いなところでございますよ。

そして、ひとたび燃えあがった憎しみは、手がつけられないほど残酷になる。

……村人達はりくのいる社《やしろ》に押しよせ、口々にののしり、りくを社から追いだそうとしたそうでございます。りくは怯え、思わず守り刀をぎゅっと握りしめました。綺蝶だけは持っていきたかったのでございましょう。

ですが、その姿に、村人の一人が逆上しました。りくが守り刀を抜いて、抵抗するかと思ったのかもしれません。

その男はりくに飛びかかり、綺蝶をもぎとりました。そして、こともあろうに、綺蝶でりくの胸を刺したのでございます！

その時の綺蝶の絶叫は、山にいたあやかし達全員が聞いたといいます。

守るべき大切な主を、他ならぬ自分が傷つけた。

綺蝶の絶望と怒りと恐怖は、どれほどのものであったことか。

そして、りくのほうも、自分を大切にしてくれた村人達の豹変《ひょうへん》を、どれほど恐ろしく、悲しく思ったことか。

……ことが終わったあと、村人達はりくの亡骸を村近くの崖下に投げ捨てたそうでございます。墓さえ作ってやらなかったのは、自分達が罪を犯したと、わかっていたからでございましょう。だから、りくの痕跡を消すことにした。そんな娘などいなかったということにしたのでございましょう。

それからほどなく、大きな土砂崩れが起きて、村を丸ごと飲みこんでしまったといいます。山のあやかし達は、何か大きな力と怒りを感じたと言いますが、それについてはくわしく話してはくれませんでした。

あたしは自分の不手際を呪いました。綺蝶を残すのではなく、りくをあの村から連れだすべきだったのでございます。二人が幸せに暮らせる場所を、新しく見つけて連れていく。そうするべきだったのに。

泣きながら崖下におり、りくと綺蝶を捜しました。ええ、綺蝶はりくのそばにいると、わかっておりました。村人達は、りくの胸から綺蝶を引き抜こうとしたものの、どうしても無理で、そのまま一緒に捨てたそうですから。

りくの亡骸をちゃんと葬ってやりたい。綺蝶にもう一度会いたい。会って謝りたい。

そう思って七日七晩捜し回りましたが、二人とも見つかりませんでした。山の獣がりくの骨を持ち去ってしまったのだと、その時は思いました。綺蝶のほうも、生きる気力を失い、りくの胸に刺さったまま、自ら無になってしまったのだろうと。

あたしはついにあきらめて、その土地を離れました。そのままずっと、後悔を引きずり続けました。どんなに楽しいことがあっても、心から笑えることはありませんでした。いつも綺蝶とりくの顔がちらついてしまって。

それでも、あせびさんと出会い、ようやく心がざわつくことが少なくなってきました。忘れることはなくとも、少し気持ちは楽になるかもしれない。

そう思っていた矢先のことでございます。

人の町の中で、一人の男を見かけたのでございます。

あたしは我が目を疑いました。身なりが違うとは言え、その男は姫神を祀っていた村、とうの昔に滅んでしまった村の長に間違いなかったのでございますよ。

他人の空似だと、あたしはすぐに思いました。でも、その男に話しかける別の男を見たとたん、今度こそ足がすくんでしまいました。話しかける男もまた、あの村の住民そっくりな顔をしていたのでございます。

よくよく見れば、男達の周りには他にもあの村の者達が何人もいるではございませんか。そして……じっくりと気配を探れば、彼らはすでに〝人〟ではないようでございました。

これは偶然ではない。何か異様なことが起きている。

そう思ったあたしは慎重に動き回り、一年以上も彼らのことを見張り、何をしているのかを探りました。

そして、彼らが力の弱いあやかしや付喪神を捕まえては、人間に道具として与えていること、一派の頭は姫神様と呼ばれている存在であること、姫神様が綺蝶とりくが混じりあって生まれたものであることを、突きとめたのでございます。

ここからはあたしの憶測でございますが、村人に殺された時、りくは心から悲しかったはずでございます。

だから、思ったのではないでしょうか？

村人が、自分を殺すはずがない。これは魔物のしわざだ。魔物が村人に取り憑《つ》いて、自分に襲いかかってきたに違いない、と。

その考えは、人ならざるものへの強烈な憎しみになった。

一方、綺蝶は綺蝶で、絶望していたはずでございます。

まさか自分がりくの命を奪うものになってしまうとは。いいや、こんなことが起きるはずがない。自分は主を、人を守る存在だ。絶対に守れる。今度こそ守る。

錯乱しながら、それだけを思ったはずでございます。

そして二つの想いは共鳴し、混じり合い、一つの歪《いびつ》な魂となってしまった。りくの体に綺蝶が食いこんでいたことも、魂の宿り木になってしまった原因ではないかと。

そうして、人でも付喪神でもない存在、姫神が生まれたのでございましょう。

目覚めた姫神はまず村を滅ぼし、死んだ村人の体でいくつも人形をこしらえました。

自分の手足となって動いてくれる存在が必要だったのでしょう。ですが、それだけが理由ではないと思います。

りくは……寂しがり屋でございました。村人達の顔かたちをそのままに残したのも、かつてのように自分を崇めてほしかったのでございましょう。

……作りあげた信者達をあちこちに飛ばしては、姫神は妖怪を捕まえて、ねじふせてきたようでございました。自分達があやかし以下に成り下がっていることには、まるで気づきもせずに。

あたしはもう、たまらない気持ちでございました。あの子達は絶対にこんな存在になってはいけなかったのでございます。生まれ変わるにしろなんにしろ、これだけはいけません。

食い止めたいと思いましたが、信者達ががっちりと姫神を守っており、なかなか近づけませんでした。なにより、あたし自身、彼らが忌《い》み嫌うあやかしでございます。信用されるために、相応の証《あかし》を立てるか、彼らが喜ぶ贈り物をするしかない。

……あせびさんから、人界のあやかし達のために何かしてやりたいと言われた時、ふと思ったのでございます。

今後より多くのあやかし達を封じるために、姫神は何よりも力をほしがっているはずだと。だったら、その力の源を、大妖《たいよう》の方々に作っていただき、それをあたしが盗んで姫神に渡せば、そばに近づけるのではないかと。

このことは誰にも言いませんでした。もちろん、あせびさんは何も知りません。あたしが自分一人で考え、やったことでございます。罪はあたし一人にあるのでございます。

……あたしのしたことは多くの混乱を招いたと、重々わかっております。

それでも、どうしてもこの子達を救いたかった。解放したかったのでございます。

おかげさまで、願いは叶いました。だからもう、思い残すことはございません。

首をはねるなり磔《はりつけ》にするなり、なんなりとなすってくださいませ。

*

話し終え、両手をついて頭を下げる十郎を、月夜公はじっと見おろしていた。その目は怖いほどに青白く光りだしていた。

「本当に腹が立つほど身勝手な男じゃ、貴様は。そのくせ、何もわかっておらぬ」

「え?」

「よいか。貴様の罪は数え上げれば切りがない。じゃが、最大の罪は、吾の大事な職人であるあせびを利用し、裏切り、傷つけたことじゃ!」

「そ、それは……」

「なんじゃ？　何か申し開きがあるなら言ってみよ。そらそら、言ってみよ！」

月夜公の言葉に、十郎は青い顔をしてうなだれた。それをねめつけながら、月夜公は吐き捨てるように言った。

「ふん。何も言えぬようじゃな。……罰がほしくてたまらぬと言うのであれば、よかろう、くれてやるとも。貴様はあせびの元に連れていく」

十郎の顔から今度こそ血の気が引いた。

「それは……一番重い罰でございますね」

「重くなければ罰にならぬわ、たわけめ。おい、犬。十郎の裁きはこれでよいかえ？」

「それが妥当なところだろう。あせびならきっちり片をつけてくれるだろうからな」

四連《よんれん》が差し出す水でがらがらと口をゆすぎながら、朔ノ宮はそっけなく答えた。

この時、飛黒がやってきた。

「おお、朔ノ宮様。ご無事でございましたか」

「無事ではないよ、飛黒。私は生まれてこの方、これほどの痛手を被《こうむ》ったことはない」

「ど、どこを怪我されたのでございます？」

「口だ。今にも腐りそうだ。ゆえに、私は西《にし》の天宮《てんぐう》に戻らせてもらう。神酒《みき》を飲むなりして、口を清めなければ！　すまぬな、飛黒。あとはまかせた」

「は、はあ、わかりましたが……」

目をぱちくりさせている飛黒の横をすりぬけ、朔ノ宮と犬神《いぬがみ》達は風のように去っていった。当然と言うべきか、朔ノ宮は月夜公のほうをちらりとも見ることはなかった。

ふてぶてしく笑いながら、月夜公は飛黒に言った。

「放っておけ。それより、皆はどうした？」

「はっ！　怪我したものは多数おりますが、命を落としたものはおりませぬ。先ほど、術者どもがいっせいにかき消えまして」

「やつらは人間ではなく、ただの死体であったのじゃ。その親玉が無と化したゆえ、本来の姿に戻ったのであろうよ」

「では、月夜公様が親玉を？」

「吾ではない。それをなしたのは、ここにおる十郎よ」

「あっ、十郎！」

初めて十郎に気づき、飛黒は絶句した。その飛黒に、月夜公は手短にことの顚末《てんまつ》を話した。そのあと、ふと気がかりなことを思いだした。

「ところで、使われていた式神《しきがみ》達はどうした？」

「は、はっ。術者を失い、次々と力を失って、元の姿となって落ちていきました。ただいま皆で運びだしているところでございます」

「そうか。死者も出ず、行方知れずになっていたもの達も見出せた。盗まれた結晶は戻り、こうして十郎も捕らえた。うむ。上々である。さて、戻るぞ。この土産をあせびに持ってやらねばな」

「……そのまま会わせたら、あせびは十郎をずたずたに引き裂くのではございませぬか？」

「そうなったら、それはそれよ。こやつはあせびのものじゃ。好きにさせる。おお、そうじゃ。ここを出る時、忘れずに千吉と弥助を拾っていかねばな」

「あ、それはもうすませてございます」

「さすがは飛黒じゃ」

月夜公は自分の右腕をおおいに褒《ほ》めた。

エピローグ

十郎は東《ひがし》の地宮《ちぐう》に引っ立てられ、しっかり縛られた上で、中庭の玉砂利の上に座らされた。そのまましばらく待たされた。

これからやってくるであろうあせびのことを思い浮かべるだけで、動悸が激しくなった。ああ、あせびは自分を見て、どんな顔をするだろう？　どんな言葉を投げつけてくるだろう？　それとも無言でひたすら殴りつけてくるだろうか？　怖い。どんな仕打ちを受けても当然だとわかっているのに、体の震えが止まらない。

と、どすどすと重たい足音がこちらに近づいてきて、あせびが中庭に飛びこんできた。しゅうしゅうと肌から湯気を立ちのぼらせ、目をらんらんと燃やしたその姿は、鬼と見間違えるほどのすさまじさだ。

ずかずかと近づいてくるなり、あせびはがっと四本の腕を大きく広げ、振り上げた。

ああ、このまま殴り殺されるのだと、十郎は覚悟を決め、目を閉じた。

だが、あせびは十郎を殴らなかった。

殴るかわりに、しっかり抱きしめてきたのだ。

また会えた。戻ってきてくれた。

あせびの抱擁《ほうよう》から伝わってくるのは、安堵と喜びだった。ただただ、それだけだった。

思い浮かべていたどんな罰よりも、これは十郎には堪《こた》えた。自分のしたことがどれほどあせびを苦しめたかを、本当の意味でやっと悟ったのだ。

「すみません。す、すみませんでした、あせびさん……」

あせびの腕の中で、十郎は子供のように泣きだした。

十日の記憶

「ん……」

眠りから覚め、弥助《やすけ》はゆっくりと目を開けた。見慣れた天井が見えた。

自分の小屋にいる。

そう思ったところで、隣に重みと温もりを感じた。それが何かはすぐにわかったが、弥助はあえて体を横にして、隣を見た。

千吉《せんきち》がいた。弥助の右腕を抱きしめるようにして眠っている。

その寝顔に思わず微笑《ほほえ》みつつも、弥助は不思議に思った。

弟が帰ってくるのは、まだまだ先だと思っていたのに。

と、気配を感じたのか、千吉がぱちりと目を開けた。

弥助に気づくなり、千吉は弥助に飛びついてきた。無言で首にかじりついてくる弟に、弥助は少し驚いた。いつも以上に甘えた様子だ。これは何かあったのだろうか？

「千吉。おまえ、大丈夫か？　何かあったのか？」

「俺のことより、弥助にいのことだよ！　体は？　大丈夫？　痛むところはない？」

「え？　俺は大丈夫だけど……おまえ、いつ西《にし》の天宮《てんぐう》から戻ってきたんだい？」

「昨日だよ。修業が終わったから」

「終わったって……時間がかかるものだって聞いたぞ？　だいたい、ぽんちゃんからおまえの言付けを聞かされたのだって、ついさっきなんだ。どういうことだ？」

「弥助にい……」

千吉はなんとも言えない顔をしながら、しみじみと弥助を見つめた。

「何も覚えていないんだね。よか……」

「よか？」

「ううん。なんでもない。……弥助にいは、ずっと寝こんでいたんだよ。俺が修業に行ってからすぐに、いきなり熱を出して倒れたって、久蔵《きゅうぞう》さん達が言ってた。だから、かれこれ十日も寝てたんだよ」

「十日……嘘だろ、おい？」

「本当だよ。でも、こうして起きてくれてよかった。顔色も悪くないし、もう大丈夫だね。ああ、弥助にい。本当に心配したんだよ」

もう一度、千吉はぎゅうっと兄を抱きしめた。

「そ、そうか。そりゃ心配かけたな。悪かった。でも、いつ熱を出したんだか……思いだせないなあ」

首をひねる弥助に、千吉は胸を撫で下ろした。

この十日間に起きたことを、兄は何も覚えていない。姫神《ひめがみ》の一味になっていたことも、千吉を殺そうとしたことも。

じつは、あの騒動のあと、千吉はもう一度、十郎《じゅうろう》と会ったのだ。縛られ、飛黒《ひぐろ》に引っ立てられてきた十郎は、千吉を見るなり、ささやきかけてきた。

「西光寺《さいこうじ》という寺に、今、獅子頭《ししがしら》の付喪神《つくもがみ》がいるんですよ。十忘丸《じゅうぼうまる》という名で、自分をかぶった人間の記憶を十日分、食べてしまう付喪神です」

十郎が言わんとしていることを、千吉はすぐに読み取り、深く感謝した。

姫神に操られていたとは言え、千吉を殺そうとしたことを、弥助は一生悔やみ、苦しむだろう。そうならずにすむ方法を、十郎は教えてくれたのだ。

小屋に戻ったあと、千吉はすぐさま久蔵宅に駆けこみ、そこにいた初音《はつね》に「西光寺から獅子頭をこっそり持ち出してきてほしい」と頼みこんだ。

これに対して答えたのは、久蔵のほうだった。

「西光寺？　そこの生臭坊主とは顔なじみだ。俺が話をつけて、持ってきてやるよ」

「お願いします、久蔵さん。俺、今は弥助にいのそばを離れたくないから」

「そりゃいつものことだろ？　まあ、待ってな。ちゃんと持ってきてやるからさ」

その言葉通り、久蔵は獅子頭を借りてきてくれた。千吉はそれを、こんこんと眠り続けている兄の頭にかぶせたのだ。

効果があったことにほっとしながら、千吉はさりげなく切り出した。

「そう言えば、十郎さんが捕まったよ」

「ほ、本当か！」

「うん。それに、あやかし達を利用してた連中のことも、もう心配いらないよ。全部、犬《いぬ》神《がみ》達と烏天狗《からすてんぐ》達がやっつけたから」

「聞かせてくれ」

姫神一味のこと、犬神と烏天狗が集って一味を一網打尽《いちもうだじん》にしたこと、十郎と姫神のつながりなどを、千吉はこと細かに弥助に話した。

「そ、そんなことがあったのか。……でも、少しほっとしたよ。やっぱり十郎さんにはちゃんと理由があったんだな。あせびさんも、ちょっとは浮かばれるな。……それで、十郎さんは？　どうなったんだ？　まさか、その、首をはねられたりは……」

「ううん。それはなかったよ。まあ、許されたって言えるのかな。十郎さんはあせびさんに引き渡されたんだ。さっき玉雪《たまゆき》さんが来て、教えてくれた」

「それは……許されたとは言えないだろ？　あせびさん、十郎さんのことを半殺しにしたんじゃ……」

「しなかったらしいよ。そのかわり、十郎さんの首に枷《かせ》をはめたって。この先、十郎さんがどこにいようと、あせびさんが呼べば、勝手に体が動いて、あせびさんのところに駆けつけることになるんだって。そういう術が組みこんであるんだってさ」

それはなかなか恐ろしい話だと、弥助は首をすくめた。

「そう言えば、十郎さんのために首枷を作るって言ってたな。あせびさん、本当に作っちまったのか」

やると言ったら必ずやるというわけだ。あせびのことは今後も怒らせないように気をつけようと、弥助は決めた。

と、ここで弥助の腹が盛大に鳴った。

泡を食ったように、千吉が飛びあがった。

「ごめん！　俺、べらべらとしゃべりすぎた。弥助にいはずっと寝てたから、腹ぺこだって、わかってたのに。粥ができてるよ。温めるから、少し待ってて」

「おう、ありがとな」

にこりと笑う兄の笑顔を、千吉は愛しいと思った。

そして、この笑顔を守れたことを心底嬉しく思ったのだ。

思わぬ助っ人

姫神《ひめがみ》一味を壊滅《かいめつ》させた翌日、妖怪奉行所東《ひがし》の地宮《ちぐう》では、多くの烏天狗《からすてんぐ》が休みをとっていた。全員があの空間での戦いで消耗しきっていたのだ。死者こそ出なかったものの、怪我したものは多かったし、あせびの薬の副作用が今日になって出てきたものもいる。

月夜公《つくよのぎみ》ですら休みを取った。こちらは、朔《さく》ノ宮《みや》に妖力《ようりょく》を吹きこんだことで、力を使い果たしてしまったのである。

そんなわけで、今日の東の地宮には、戦闘に行かなかった烏天狗、十数人が当直しているだけだった。

だが、悩み事の相談や助けを求めるあやかし達は、ひっきりなしにやってくる。

昼頃には烏天狗達はてんてこ舞いとなっていた。

「この案件はどうする?」

「月夜公様が戻られるまでは保留にしておけ」

「こちらの訴えも、月夜公様に目を通していただかないとだめなものだ」

「おい、また朱刻《あけとき》が来たぞ。時津《ときつ》に追われているそうだが、どうする?」

「どうせまた自業自得のふるまいをしたのだろうよ。今日は放っておけ」

「ああ、手が足りん!」

「なら、化け猫の手でも借りるとするか」

「馬鹿! ふざけている暇《ひま》があったら、仕事をしろ!」

「うう。こんな目にあうくらいだったら、わしも昨日の戦闘に行くべきだったわい」

だが、やるべきことは溜まっていく一方だ。

哀れな烏天狗達の苛立ちと混乱が、頂点に達しようとした時だった。

「手伝うよ」

さわやかな声と共に、見たこともない若者が烏天狗達の前に現れた。

色白で、品の良い穏やかな面立ちの持ち主だ。雄鹿のような見事な角に、狐《きつね》のような白く長い尾。しっとりと艶《つや》のある長い黒髪は、結わずにそのままたらしているが、それがまた風情がある。小柄だが、赤い狩衣《かりぎぬ》を着こなした姿は、貴公子と呼ぶのがふさわしい。

誰だと、その場にいる全員が思った。同時に、どこかで会ったような気もした。

とまどいながらも、一人の烏天狗が恐る恐る若者に問うた。

「……あのぅ、ど、どちら様で？」

「わからないの？　ふふ。津弓《つゆみ》だよ」

「え？　えええええええっ！」

烏天狗達はいっせいに悲鳴のような声をあげてしまった。

無理もない。

月夜公の最愛の甥っ子、津弓。月夜公とはまったく似ていないが、天真爛漫《てんしんらんまん》な愛くるしさがある子妖《こよう》だ。顔も体つきも丸っこく、くるくると表情を変えるところがまたかわいらしいと、周囲のあやかし達からも愛されている。

その津弓が、このさわやかな若者？

とてもではないが、信じられなかった。

だが、よくよく見れば、口元や目元には津弓の面影がある。

口をぱくぱくさせている烏天狗達に、津弓と名乗る若者はさらに笑った。

「ははは。信じられないのも無理ないよね。津弓も、鏡を見た時はびっくりしたもの」

その口調はあどけなく、確かに津弓を思わせた。

「ほ、本当に津弓様なので？」

「うん。そうだよ」

「ど、どうして、そ、そのようなお姿に？」

「ふふ。あせびの薬を飲んだの」

「あせびさんの？」

こくりと、津弓はうなずいた。

「叔父上は今、屋敷で眠っているの。津弓がそばに寄っても、目を覚まさないくらいなの。あんなにぐっすり寝ているなんて、初めてだよ。本当に疲れているんだと思う。だから、今日一日、叔父上をしっかり休ませてあげたいなって思って」

ちょうど、強くなれる薬をあせびが作ったという話を聞いたばかりだ。それを飲めば、少しは強くなり、みんなの役に立てるかもしれない。

そう思いついたのだと、津弓は話した。

「で、飲んだら、体が成長した、と……。あの、津弓様。その薬、ちゃんとあせびさんにもらったんですか？」

「ん？　それは、まあ……へへ」

笑ってごまかす津弓に、ああっと、烏天狗達は天を仰いだ。

忘れていたが、津弓は見た目にそぐわず、かなりのいたずら者なのだ。今回も、あせびの目を盗んで蔵に忍びこみ、薬をくすねたに違いない。

「だめですよ、津弓様。薬の中には危ないものも多いんですから」

「そうですとも。それに、あせびさんの薬はあとから変な効果が出てくるものもあるんです。今すぐお屋敷に戻って、月夜公様に体を診ていただいたほうがよいです」

「だめ。それじゃ意味がないもの」

「津弓様……あなたに何かあったら、月夜公様に責め立てられるのは我々なんですよ？」

「それは……だ、大丈夫。叔父上が怒ったら、全部、津弓がお叱りを受けるから。それに、この体になってから、すごく調子がいいの。力が出て、体が軽くて、なんでもできる感じがする。きっと役に立つから、今日一日は津弓に手伝わせて。お願いだよ！」

津弓に懇願され、烏天狗達は顔を見合わせた。

正直、面倒なことになったと思った。

このことが月夜公に知られたら、間違いなく「なぜもっと早く吾に知らせなかった！」と激怒されるだろう。

だが、今は猫の手も借りたいほど忙しい。

少しだけ手伝わせるのはどうだ？

そうだ。それがいい。

そうすれば、津弓の気もすんで、屋敷に戻るに違いない。

無言のままうなずきあい、烏天狗達は津弓に向き直った。

「ええっと、津弓様、それでは少し手伝っていただけますかな?」

「もちろんだよ! やるやる! なんでも言って! あ、そうだ。大人の姿になったんだから、言葉遣いもちゃんとしなくちゃいけないよね。おほん。私にできそうなものはどんどんまかせてほしい」

「では、こちらにたまっている書状に目を通していっていただけますか?」

「たくさんあるね」

「はい。みんな、あやかし達からの訴えでございますよ。急ぎのものはこの赤い箱の中へ。あとで飛黒《ひぐろ》様か月夜公様にお渡ししますので。後日の対応でも間に合いそうなものは、この黒い箱の中へ。こうしたらよいのではないかというお考えが浮かんだ時は、赤墨で書状の中にそれを書きこんでくださいませ」

「わかった」

驚いたことに、津弓は意外に有能だった。てきぱきと書状を読んでは、急ぎのものとそうでないものとに振り分けていく。ときおり、赤い墨を含ませた筆を取っては、さらさらと何かを書きこむこともあり、その姿は堂に入っていた。

「終わったよ。次は何をすればいい?」

「もう終わったのでございますか？　驚きましたぞ」

「うん。読むのは得意だから。叔父上に屋敷に閉じこめられている間は、たくさん本を読んでいるからね。それで次は？」

「で、では、朱刻と時津の夫婦喧嘩の仲裁をしていただけますかな？」

「あの二羽、また喧嘩したの？　やれやれ。うん、わかったよ。私が時津をなだめてみるよ」

その言葉通り、津弓は時津と話をし、その怒りを難なく静めてしまった。

たいしたものだと、烏天狗達は感心した。

「さ、さすがは月夜公様の甥御様だ。見直したぞ」

「うん。梅吉《うめきち》と並んで、とんでもない悪童だと思っていたが……」

「いやいや、俺はわかっていたぞ。津弓様には見所があるとな」

そんな軽口が叩けるほど仕事がはかどってきた時だ。

大変だあっと、化け啄木鳥《きつつき》が飛びこんできた。

「お、お助けを！　山が、三津《みつ》鉤山《かぎやま》で火事が起きちまいました！　山裾《やますそ》のほうから火がぼうぼう燃えてて、手がつけられねえんです！　まだ取り残されたあやかし達がたくさんいるんで！」

ばっと、烏天狗達はいっせいに立ちあがった。そして、ざっと青ざめた。

この十数人で何ができるだろうか。山火事を鎮めるにしろ、あやかし達を助けるにしろ、この人数の五倍はほしいところだ。まして、今は頭目の飛黒も月夜公も不在なのだ。

自分達の力不足に打ちのめされかけた時だった。

「私が指揮を取る！」

りんとした声をあげたのは、大鶏《おおとり》夫婦の仲裁から戻ってきた津弓だった。

「つ、津弓様……」

「しかし、あなたを危険な目にあわせるわけには……」

ためらう烏天狗達の前で、ふいに津弓はそばにあった花瓶をかたむけた。花瓶からこぼれた水は床に落ちることなく、小龍のようにうねりながら津弓の手にからみついた。かと思えば、今度は小鳥の形になって、はばたきだしたではないか。

器用に水を操ってみせながら、津弓は絶句している烏天狗達を見た。

「忘れたのかい？　私の体には、水妖《すいよう》の血も流れているのだよ。この体になったせいか、いつもより父側の力を感じる。水を操るにはどうすればいいか、本能的にわかるんだ。これがきっと役に立つ」

「……………」

「皆が行かないのなら、私一人で行くよ」

「あ、お待ちを！」

「我々も行きます！　今、支度を調えるので、しばしお待ちを！」

「おい！　あせびさんのところに行って、防火の蓑《みの》を！　あと、水神の杖を持ってきてくれ！」

「それと火傷《やけど》用の軟膏《なんこう》も一壺！」

「わ、わかった！」

あたふたしながら動きだした烏天狗達。

津弓は化け啄木鳥のほうを振り向き、静かに言った。

「悪いけれど、もう一度、山のほうに戻ってくれるかい？　逃げ遅れたあやかし達に、山頂のほうに逃げろと、呼びかけてほしいんだ。それから、周囲のあやかし達にも、手を貸してくれるように頼んでほしい」

「わ、わかりやした。おまかせを」

化け啄木鳥はすぐさま飛びだしていった。

それからほどなくして、津弓は支度を調えた烏天狗達を従えて、三津鉤山に向かった。

山は激しく燃えていた。このところ雨がなく、空気も木々も乾燥していたのか、恐ろしい勢いで燃え広がっている。山裾のほうは、すでに消し炭のように真っ黒だ。

煙のすさまじさに顔をしかめながら、津弓はつぶやいた。

「かなり勢いがあるね」

「どういたしますか、津弓様？」

「そうだね。……みんなは山の上を飛び回って、逃げ遅れたあやかし達を助けてあげて。子妖や怪我したものを先に助けること。煙を吸わないよう、気をつけて」

「はっ！　わかりました」

「しかし、津弓様は？　どうなさるので？」

「私はこの火を消してみるよ」

そう言うなり、津弓はまたがっていた天馬《てんま》をぱっと走らせだした。

向かった先は川だった。水量はいつもよりは少ないだろうが、それでも青い流れは力強い。

天馬から降りた津弓は、片手を川の水に浸した。

たちまち、自分が川と一体になっていくのがわかった。

川の流れ、水の冷たさ、水底に棲まう生き物達のささやき。

それら全てが自分のものになるのに、さほど時はかからなかった。

「すまないね、水のもの達よ。火を消すのに、この川の水を使わせておくれ」

津弓は力をこめて、水の流れを二つに裂いた。半分は元の川として残し、もう半分は空中を走らせ、三津鉤山へと向かわせたのだ。

青い大蛇《だいじゃ》か龍のように、流れは空を横切り、みるみる山の上に到達した。そのまま、二重に、三重にと、とぐろを巻いていく。

とぐろが八重にまでなったところで、津弓は「むんっ！」という気合い声と共に、こぶしを空へと突き出した。

次の瞬間、水のとぐろが爆《は》ぜた。文字通り、千々に弾け飛んだのだ。その大量のしずくは雨となって、山に降りそそいだ。

滝のような雨を受け、山火事は瞬く間に鎮まっていき、ついには完全に消し止められた。

一部始終を目にした烏天狗達は、もはや開いた口がふさがらなかった。

こんな火の消し方は、月夜公ですらしたことがない。桁外れの妖力であり、型破りな消し方だ。

これはもう、上に報告しないわけにはいかない。

ずぶ濡れになりながら、烏天狗一同はそう思ったのだった。

月夜公は自室で目覚めた。

眠る前は鉄のように重く感じた体だったが、今はだいぶ軽くなっていた。失った妖力が完全に戻るにはまだ時がかかるだろうが、これなら起きても問題なさそうだ。

「ひさしぶりの休みだ。邪魔が入るまで、津弓と水入らずで過ごすとするか」

そうつぶやいた矢先、なにやら慌ただしい気配が部屋の前にやってくるのを感じた。

さっそく邪魔がやってきたかと、月夜公は苦々しげに障子の向こうに声をかけた。

「飛黒か」

「はい。飛黒でございます。お休み中のところ、申し訳ございません」

「よい。今起きたところじゃ。少し寝たおかげで、だいぶ力も戻ってきておる。それで？どうしたのじゃ？」

「じつは、東の地宮より知らせがございまして。これはどうしても、月夜公様のお耳に入れねばならぬと思いましたもので」

「何があったのじゃ？」

「その……つ、津弓様が……」

「何？」

布団《ふとん》をはねのけ、月夜公は障子を破らん勢いで押し開けた。そして廊下でかしこまっていた飛黒の首をつかんで、がくがくと揺さぶった。

「津弓がどうしたというのじゃ！」

「ぐっ、あ、お、落ちついて……」

「ええい！　きびきび言わぬか！　こら、寝るな！」

舌を出して、白目を剝きかけている飛黒を、月夜公はさらに揺さぶろうとした。

「叔父上。飛黒を離してやってください」

穏やかな呼びかけに、月夜公は耳を疑った。

自分を「叔父上」と呼ぶのは、津弓ただ一人。だが、この声は子供ではなく、若い男のものではないか。

ゆっくりと月夜公は横を向いた。小柄な若者がこちらに歩いてくるところだった。たとえどんな姿になろうと、その親しげなまなざしは見間違えようがなかった。

「つ、津弓、なのかえ？」

「はい。津弓です、叔父上」

「な、なにゆえ、そのような姿に……」

「あせびの薬のおかげです。ああ、叔父上。今日の私は我ながらずいぶんとがんばったのですよ」

目をきらきらさせながら、津弓は自分があせびの薬を飲んだこと、烏天狗達を手伝ったこと、山火事を消し止めたことなどを得意げに話した。

ただただ驚きながら聞いていた月夜公だったが、ふと我に返り、飛黒にささやいた。

「おぬしが知らせに来たことゝは、これのことかえ？」

「はい。さようでございます」

「なぜもっと早く！　津弓が薬を飲んだことがわかった時点で、知らせなかったのじゃ！」

「わ、わしもつい先ほど知らされたばかりでして！　奉行所にいた烏天狗達は、つ、津弓様のたってのお願いとのことで、どうしても断れなかったそうでございます」

「そうですよ、叔父上。私が烏天狗達にお願いしたのです。だから、彼らを叱らないでやってください」

「そういう問題ではない！」

のほほんと言う津弓を、月夜公はついに叱りつけた。

「わかっておろうが、津弓！　おぬしの体には二つの妖気があるのじゃぞ！　おいそれと力を使えば、体が蝕まれ……ああ、こんなことを言っている場合ではない！　この無茶で、いくつか封印がゆるんでいるはずじゃ！　かけなおさなければ！」

「あ、それはもう自分でやっておきました」

「なに？」

「成長したおかげか、不思議と、自分の体のあれこれがよくわかるようになったのです。封印がゆるみかけていることも、自分で結びなおすことも、かなり手早く対処できました」

「津弓……」

信じられぬと、月夜公は津弓の額に手を当て、気を巡らせて、津弓の体を調べた。そして、甥が言っていることが本当だと知った。

「ね、大丈夫でしょう？」

「う、うむ……」

「ああ、でも残念です。叔父上にはもっと休んでいていただきたかったのに。飛黒が起こしに来てしまうなんて……うっ！」

いきなり津弓が身を丸めたものだから、月夜公は仰天した。

「つ、津弓！　しっかりせよ！　飛黒！　医師を呼べい！」

「あ、いえ、月夜公様。津弓様をよく見てくださいませ」

「ぬっ？」

津弓の体がしゅうしゅうと音を立てながら縮みだしていた。手足は短く、体はぽっちゃりしていき、頬《ほお》もふっくらと丸くなっていく。

あっという間に本来の姿に戻った津弓は、ぶかぶかになってしまった狩衣の中から残念そうな声をあげた。

「ああ、もう。せっかく大きくなっていたのに。もう元に戻っちゃった」

「つ、津弓！」

月夜公は津弓を抱きあげ、頬ずりした。成長した姿には感慨深いものもあったが、大事な宝を奪われたような喪失感《そうしつかん》のほうが大きかったのだ。津弓が大人になったら、すっぽりと腕の中におさめることもできないのだと気づかされ、今、こうして抱きしめられることがいよいよ愛しく尊く思えた。

と、津弓が目をこすりだした。なんだかひどく眠たげだ。

飛黒が月夜公にささやいた。

「薬のせいでございましょう。ただでさえ、おおいに働いてくださり、お疲れでございましょうからな。寝かせてさしあげるのがよいかと」

「うむ。津弓。吾が抱いているゆえ、ゆっくりこのまま休むがよい」

「うん。そうします。……ねえ、叔父上。津弓は早く大きくなりたいです。そうすれば、もっと……叔父上のお役に、ふぁああ、立て、るように……」

最後まで言い切ることができず、津弓はすうすうと寝息を立てだした。

すっかり眠りこんだ甥を大事に腕に抱きながら、月夜公は飛黒に小さな声で命じた。

「飛黒。急ぎあせびの元に行き、津弓が飲んだ薬は全て捨てるように伝えよ。二度と作ることも許さぬとな」

「かしこまりました」

飛黒が去ったあと、月夜公は改めて甥のことを見つめた。そして、そっとささやきかけたのだ。

「勘違いをしてはならぬよ、津弓。そなたはそのままで十分、吾の助けになってくれておるのじゃ」

「ん。んふふふ」

月夜公の言葉は眠りの中にも届いたのだろう。津弓は眠りながら、くすぐったそうに笑った。

著者紹介　神奈川県生まれ。『水妖の森』でジュニア冒険小説大賞を受賞し、2006年にデビュー。主な作品に、〈妖怪の子預かります〉シリーズや〈ふしぎ駄菓子屋 銭天堂〉シリーズ、〈ナルマーン年代記〉三部作、『送り人の娘』、『鳥籠の家』、『銀獣の集い』などがある。

妖怪の子、育てます5
行方知れずの仲人屋《なこうどや》

2025年1月24日　初版

著　者　廣《ひろ》　嶋《しま》　玲《れい》　子《こ》

発行所　(株)　東京創元社
代表者　渋谷健太郎

162-0814 東京都新宿区新小川町1-5
電　話　03・3268・8231-営業部
03・3268・8201-代　表
URL　https://www.tsogen.co.jp
組　版　フォレスト
暁印刷・本間製本

乱丁・落丁本は、ご面倒ですが小社までご送付ください。送料小社負担にてお取替えいたします。

ISBN978-4-488-56517-6　C0193

妖怪の子、育てます
廣嶋玲子

千吉と双子、修業をする
廣嶋玲子

妖たちの気ままな日常
廣嶋玲子

創元推理文庫

変わり者の皇女の闘いと成長の物語

ARTHUR AND THE EVIL KING◆Koto Suzumori

皇女アルスルと角の王

鈴森 琴

◆

才能もなく人づきあいも苦手な皇帝の末娘アルスルは、いつも皆にがっかりされていた。ある日舞踏会に出席していたアルスルの目前で父が暗殺され、彼女は皇帝殺しの容疑で捕まってしまう。帝都の裁判で死刑を宣告され一族の所領に護送された彼女は美しき人外の城主リサシーブと出会う。『忘却城』で第３回創元ファンタジイ新人賞の佳作に選出された著者が、優れた能力をもつ獣、人外が跋扈《ばっこ》する世界を舞台に、変わり者の少女の成長を描く珠玉のファンタジイ。

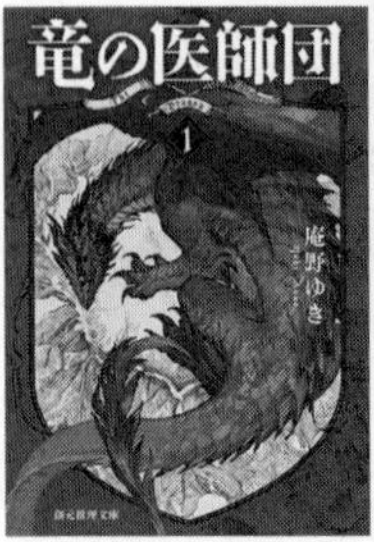
竜の医師団
1
庵野ゆき

竜の医師団
2
庵野ゆき

創元推理文庫

妖怪の子、育てます 5

行方知れずの仲人屋

廣嶋玲子